Mircea Eliade
Der Hundertjährige

Roman

Suhrkamp

Rumänischer Originaltitel: *Tinereţe fără tinereţe*
Ins Deutsche übertragen von Edith Silbermann
Umschlagfoto: Bildagentur Tony Stone, München

suhrkamp taschenbuch 1828
Erste Auflage 1992

Druck: Nomos Verlagsgesellschaft, Baden-Baden
Printed in Germany
Umschlag nach Entwürfen von
Willy Fleckhaus und Rolf Staudt

1 2 3 4 5 6 – 97 96 95 94 93 92

Der Hundertjährige

I

Erst als er die Glocke der Metropolitankirche hörte, fiel ihm ein, daß sie die Auferstehung einläutete. Und plötzlich wurde ihm der Regen, der ihn beim Verlassen des Bahnhofs überrascht hatte und nun zu einem Wolkenbruch auszuarten drohte, unheimlich. Vornübergebeugt, schritt er eilig und den Blick aufs Straßenpflaster geheftet unter seinem Schirm voran, bedacht, nicht in die Pfützen zu treten. Ohne sich dessen bewußt zu sein, fing er zu laufen an, den Schirm wie einen Schild schützend vor die Brust gespannt. Nach etwa zwanzig Metern sah er jedoch die Ampel rot aufleuchten und mußte stehen bleiben. Er wartete nervös und zappelig, starrte entsetzt auf die Wasserlachen, die wenige Meter vor ihm den Boulevard fast gänzlich bedeckten, stellte sich auf die Fußspitzen und hüpfte von einer kleinen Insel zur anderen. Das rote Auge erlosch, und im nächsten Augenblick wurde er von der Explosion des grellen, weißglühenden Lichtes, das ihn blendete, durch und durchgeschüttelt. Ein heißer Zyklon schien in unbegreiflicher Weise aus seiner eigenen Schädeldecke ausgebrochen zu sein und ihn vom Scheitel bis zur Sohle aufzusaugen. ›Der Blitz muß ganz nahe eingeschlagen haben‹, sagte er sich und hatte Mühe, seine verklebten Lider aufzutun. Er begriff nicht, weshalb er den Schirmgriff so fest umklammerte. Der Regen prasselte wie wild von allen Seiten auf ihn nieder, und dennoch machte es ihm nichts aus. Da vernahm er von neuem die Glocke der Metropolitankirche und auch das Läuten aller anderen Kirchen.

In seiner unmittelbaren Nähe schlug eine einsam und verzweifelt. Er fing zu zittern an. ›Der Schreck ist mir in die Glieder gefahren‹, sagte er sich. Als er sich jedoch einige Augenblicke später darüber klar wurde, daß er in einer Wasserlache am Rande des Gehsteigs lag, sah er ein, daß es ihn einfach fröstelte.

»Ich hab's gesehen, wie ihn der Blitz getroffen hat«, hörte er eine keuchende, erschrockene Männerstimme. »Ich weiß nicht, ob er noch lebt. Ich blickte gerade hin, als er unter der Ampel stand. Da sah ich ihn plötzlich von oben bis unten lichterloh brennen: Sein Schirm, sein Hut, seine Kleider standen im Nu in Flammen. Hätte es nicht so in Strömen gegossen, er wäre wie eine Fackel verbrannt. Ich weiß gar nicht, ob er noch lebt.«

»Und selbst wenn er noch lebt, was fangen wir mit ihm an?« Es war eine ferne, müde Stimme und sie klang bitter. »Wer weiß, was er für Sünden begangen hat, daß Gott ihn in der Nacht der Auferstehung mit dem Blitz geschlagen hat und dazu noch hinter der Kirche. Wir wollen sehen, was der diensthabende Arzt sagen wird«, fügte die Stimme nach einer Weile hinzu.

Es kam ihm merkwürdig vor, daß er keinen Schmerz empfand, daß er seinen Körper eigentlich nicht mehr spürte. Aus den Gesprächen der Leute um ihn folgerte er, daß er abtransportiert worden war. Doch wie hatten sie ihn fortgeschafft? Auf den Armen? Auf einer Tragbahre? In einem Ambulanzwagen?

»Ich glaube kaum, daß er aufkommt«, hörte er schließlich eine andere, ebenso fernklingende Stimme. »Es ist kein Zentimeter heile Haut mehr an ihm übrig.

Ich begreife nicht, wie er noch lebt. Normalerweise ...«

›Freilich, das weiß doch ein jeder: Wenn man mehr als fünfzig Prozent der Epidermis verloren hat, erstickt man ...‹ Aber er gab sich schnell Rechenschaft, daß es lächerlich und demütigend war, den Leuten, die sich um ihn tummelten, in Gedanken zu antworten. Er hätte sie gern nicht mehr gehört, ebenso wie er sie nicht sah, da er die Lider fest zugedrückt hielt. Und im gleichen Augenblick überkam ihn ein fernes Glücksgefühl wie damals.

»Und was ist dann noch geschehen?« hatte sie ihn schmunzelnd gefragt. »Was sonst noch für Tragödie?«

»Ich habe nicht behauptet, es sei eine Tragödie, aber in gewissem Sinne war der Wissensdurst, die Leidenschaft, mit der ich mich den Wissenschaften widmete, tatsächlich verhängnisvoll.«

»Worauf spielst du nun an?« unterbrach sie ihn, »auf die Mathematik oder auf die chinesische Sprache?«

»Auf beides und auch auf alle anderen Wissensbereiche, die ich der Reihe nach entdeckte und die mich in dem Maße, als ich sie mir erschloß, immer leidenschaftlicher interessierten.«

Sie legte ihre Hand auf seinen Arm, damit er es ihr nicht übel nehme, daß sie ihn wieder unterbrach.

»Daß du dich so viel mit Mathematik beschäftigt hast, verstehe ich, dafür hast du offenbar eine besondere Begabung, sonst wäre es ja auch vergebliche Liebesmühe. Aber Chinesisch? ...«

Er wußte nicht, warum er in ein so lautes Lachen

herausgeplatzt war. Vermutlich hatte ihn die Art, wie sie *»aber Chinesisch?«* ausgerufen hatte, amüsiert.

»Ich dachte, ich hätte es dir gesagt. Als ich vor zwei Jahren im Herbst in Paris war, ging ich zu einem Kurs, den Chavannes hielt. Nach der Stunde suchte ich ihn in seinem Büro auf. Er fragte mich, seit wann ich mich mit Chinesisch befasse und welche andere orientalische Sprache ich noch beherrsche. Es hat keinen Sinn, dir unser ganzes Gespräch wiederzugeben. Eines wurde mir jedoch klar: Wenn ich binnen wenigen Jahren – wohl gemerkt: *binnen wenigen Jahren!* – außer Chinesisch nicht auch noch Sanskrit, Tibetanisch und Japanisch beherrschen würde, könnte ich nie ein bedeutender Orientalist sein ...«

»Nun ja, du hättest ihm eben erwidern sollen, dir würde es genügen, Chinesisch zu erlernen.«

»Das habe ich ihm auch gesagt, aber ich habe ihn nicht überzeugt. Denn die Voraussetzung hierfür war seiner Ansicht nach die Kenntnis von Japanisch und einer ganzen Reihe von anderen südasiatischen Sprachen und Dialekten. Aber darauf ließ er sich weiter gar nicht ein, ihm kam es auf etwas ganz anderes an. Als ich ihm erzählte, ich würde seit fünf Monaten Chinesisch lernen, ging er zur Tafel und schrieb etwa zwanzig Schriftzeichen auf, hieß mich, sie der Reihe nach laut lesen, achtete auf meine Aussprache und verlangte dann, daß ich die Stelle übersetze. Ich sprach die einzelnen Schriftzeichen, so gut ich eben konnte, aus, übersetzte auch manches, aber nicht alles. Er lächelte höflich. ›Nicht schlecht‹, sagte er. ›Aber wenn Sie nach fünf Monaten ... Wieviel Stunden im Tag?‹ ›Wenigstens sechs Stunden‹, erwiderte ich ihm. ›Dann ist die chinesische Sprache nichts für Sie. Sie dürften nicht das nötige visuelle Gedächtnis haben . . .‹ fügte er mit einem Lächeln, das wohlwollend und ironisch zugleich war, hinzu. ›Um Chinesisch zu beherrschen, mein Lieber, braucht man ein fotografisches Gedächtnis, das Gedächtnis eines Mandarins. Wenn Sie es nicht haben, werden Sie genötigt sein, eine drei- bis vierfache Anstrengung zu machen. Das lohnt sich, glaube ich, nicht . . .‹ Es kommt also im Grunde aufs Gedächtnis an . . . *Auf ein fotografisches Gedächtnis!* wiederholte er mit feierlichem Ernst, jedes seiner Worte betonend.« Er hörte mehrmals die Tür auf- und zugehen, auch andere Geräusche und fremde Stimmen:

»Wir wollen die Meinung des Professors hören. Wenn Sie mich fragen, so muß ich aufrichtig gestehen . . .«

Immer und immer wieder das gleiche! Aber die Stimme gefiel ihm; es war zweifellos ein junger, kluger Arzt, der seinen Beruf voller Hingabe ausübte und sich für seine Patienten einsetzte.

». . . er hat vor zwölf Stunden eine hundertprozentige Hautverbrennung erlitten und ist immer noch am Leben. Dabei scheint er keine Schmerzen zu verspüren . . . Haben Sie ihm eine Spritze gegeben?«

»Ja, eine einzige, heute morgen. Ich glaubte, ihn stöhnen zu hören. Doch vielleicht stöhnte er nur im Schlaf . . .«

»Weiß man etwas über ihn? Hat man etwas bei ihm gefunden?«

»Bloß den Schirmgriff. Alles andere ist verkohlt. Seltsam, gerade der Griff, ein Griff aus Holz ... Die Kleider sind zu Asche verbrannt; was der Regen nicht weggespült hat, blieb im Ambulanzwagen verstreut ...«

Er wußte, daß dem so war, und dennoch heiterte er sich auf, während er den Erklärungen des diensthabenden Arztes lauschte: Die beiden Briefumschläge in seiner Jackentasche sind also auch zu Asche verbrannt.

»Das hat er uns schon mindestens drei-, viermal gesagt. Der Ehrwürdige ist ganz verkalkt!«

Er hatte diese abfällige Bemerkung seines Kollegen unwillkürlich gehört, denn Vaian hatte, ohne es zu wissen, die Tür nicht gut hinter sich geschlossen. Stimmt. Die Notiz, die er in *La Fiera Letteraria* gelesen hatte, daß Papini fast blind sei und kein Chirurg es wage, ihn zu operieren, hatte ihn zutiefst beeindruckt. Für einen so eifrigen, unermüdlichen Leser wie Papini war es eine entsetzliche Tragödie. Deswegen kam er immer wieder darauf zu sprechen. Aber vielleicht hatte Vaian recht: Ich verkalke allmählich ...

Da hörte er wieder ihre Stimme: »Und was ist sonst noch für Tragödie geschehen ... Du hast es dir also aus dem Kopf geschlagen, Chinesisch wirklich zu erlernen. Und dann?«

»Ich habe nicht ganz darauf verzichtet, habe weiterhin jeden Tag zehn bis fünfzehn Schriftzeichen gelernt, aber mehr zum Vergnügen und weil es mir half, die Übersetzungen der Texte zu verstehen, die ich las ... Im Grunde genommen war ich ein Dilettant ...«

»Um so besser«, unterbrach ihn Laura, indem sie wieder ihre Hand auf seinen Arm legte. »Ein intelligenter Mensch kann geistige Werte schätzen, ohne gleich alles mit tierischem Ernst zu betreiben. Es war schon richtig, daß du dich nicht ganz auf Chinesisch verlegt hast. So ist diese Sprache dir also nicht zum Verhängnis geworden. Was war es dann sonst?« Er hatte sie groß angesehen. Sie war bei weitem nicht die schönste Studentin, die er kannte, aber sie war *anders.* Er begriff nicht, was ihn an ihr anzog, warum er sie immer wieder in den Hörsälen suchte, die er seit drei, vier Jahren, seitdem er sein Staatsexamen hinter sich gebracht, nicht mehr betreten hatte. Er wußte, daß er sie stets bei den Vorlesungen von Titu Maiorescu* finden würde. Dort hatte er sie auch eine Stunde zuvor getroffen, und wie gewöhnlich, wenn er sie nach Hause begleitete, hatten sie sich im Cişmigiu-Garten, am Weiher auf eine Bank gesetzt.

»Was wurde dir sonst noch zum Verhängnis?« hatte sie ihre Frage wiederholt und ruhig lächelnd seinen Blicken standgehalten.

»Ich sagte dir ja, daß ich bereits im Gymnasium eine Schwäche für Mathematik und Musik hatte, daß mir aber auch Geschichte, Archäologie und Philosophie gefiel. Ich hätte am liebsten alles gelernt, natürlich nicht, um auf jedem Gebiet ein Fachmann zu werden, aber jedenfalls gründlich genug, denn vor Halbgebildeten, die da und dort etwas aufschnappen und dann nachplappern, hat es mir immer gegraut ...«

* Bedeutender rumänischer Philosoph, Literaturkritiker u. Staatsmann. Anmerkung des Übersetzers.

»Du bist der ehrgeizigste Mann, der mir bisher über den Weg gelaufen ist! Ehrgeizig und dabei unbeständig! Ja, vor allem unbeständig!« hatte sie, die Arme wie ein Junge hochwerfend, ausgerufen.

Er kannte nun ihre Stimmen, hatte gelernt, sie voneinander zu unterscheiden.
Es waren drei Tagschwestern und zwei Nachtschwestern.
»Wenn er Glück hat, stirbt er in den nächsten Tagen. Wer in der Osterwoche dahinscheidet, soll direkt in den Himmel kommen.«
›Sie hat ein gutes Herz, hat Mitleid mit mir. Sie ist besser als alle anderen, denn sie denkt an mein Seelenheil . . . Wie aber, wenn sie plötzlich auf den Gedanken verfällt, mir die Nadel aus der Vene zu ziehen? Vermutlich würde ich's bis in der Früh, wenn der diensthabende Arzt kommt, durchhalten. Und wenn er's nicht merkt, so entgeht es dem Professor bestimmt nicht! Der einzige, der verzweifelt ist und sich gedemütigt fühlt, weil ich ihm so viele Rätsel aufgebe, die er nicht lösen kann, der einzige, der mich um jeden Preis am Leben erhalten will, um herauszubekommen, was mit mir geschehen ist.‹ Der hatte eines Tages, nachdem er ihm ungemein vorsichtig die Lider berührt hatte, erklärt:
»Äußerlich scheint das Auge intakt zu sein, aber ob er erblindet ist oder nicht, wissen wir nicht. Wie wir übrigens auch sonst herzlich wenig wissen . . .«
Ein andermal hatte er den Professor sagen gehört: »Wir wissen nicht einmal, ob er bei Bewußtsein ist

oder nicht. Ob er hört und wenn, ob er das Vernommene auch *versteht.*«
Es war nicht seine Schuld. Mehrmals schon hatte er bis dahin die Stimme des Professors erkannt und ihn vollkommen verstanden.
»Wenn Sie verstehen, was ich sage«, hatte ihm der Professor zugerufen, »dann drücken Sie meinen Finger.«
Aber er spürte diesen Finger nicht. Er hätte ihn gern gedrückt, wußte aber nicht, wie er es anstellen sollte. Diesmal hatte der Professor hinzugefügt: »Wenn es uns gelingt, ihn noch fünf Tage am Leben zu erhalten . . .«
In fünf Tagen sollte, wie einer der Assistenzärzte erfahren hatte, der große Verbrennungsfachmann aus Paris, Professor Gilbert Bernard kommen. Er würde seine Reise nach Athen unterbrechen, um nach ihm zu sehen.
». . . der Ehrgeiz frißt dich auf!« sagte Laura. »Du willst immer nur das sein, was ein anderer ist: Philologe, Orientalist, Archäologe, Historiker und weiß Gott, was alles noch. Das heißt, du möchtest ein fremdes Leben führen. Das Leben eines anderen statt du selber zu sein, Dominic Matei, und ausschließlich dein eigenes Genie zu pflegen . . .«
»Mein Genie?« hatte er mit gespielter Bescheidenheit ausgerufen, um sich die Freude nicht anmerken zu lassen. »Du hältst mich also für genial?«
»In gewissem Sinne bestimmt. Du gleichst keinem Menschen, den ich bisher gekannt habe. Lebst anders, hast eine andere Auffassung vom Leben als wir . . .«

»Aber ich habe doch bis jetzt, bis zu meinem 26. Lebensjahr noch nichts geleistet, abgesehen davon, daß ich all meine Prüfungen mit Auszeichnung bestand. Ich habe noch keinerlei Entdeckung gemacht, habe mir noch nichts einfallen lassen. Mir ist nicht einmal eine originelle Deutung des 11. Gesanges des *Purgatorio* gelungen, den ich übersetzt und kommentiert habe . . .« Er hatte den Eindruck, daß Laura ihn irgendwie traurig und enttäuscht ansah.

»Warum hättest du etwas entdecken sollen? Dein Genie hätte sich im Leben, das du führst, offenbaren sollen und nicht in Analysen, Entdeckungen und originellen Interpretationen. Dein Vorbild sollte Sokrates oder Goethe sein; aber du mußt dir einen Goethe *ohne sein geschriebenes Werk* vor Augen halten.«

»Ich folge dir nicht recht«, sagte er erregt.

»Können Sie mir alle folgen?« fragte der Professor seine Kollegen.

»Mir fällt es schwer, Ihnen zu folgen, wenn Sie so schnell sprechen«, hörte er einen der Ärzte sagen.

Er selber verstand sehr gut. Das Französisch, das der Professor sprach, war tadellos; er hatte seinen Doktor gewiß an der Sorbonne gemacht. Er schien sich präziser und eleganter auszudrücken als der berühmte Fachmann aus dem Ausland. Bernard war vermutlich kein echter Franzose. Er sprach langsam und zögernd, ›als wagte er nicht, sich zu äußern‹, wie Vaian über ihren letzten Direktor zu sagen pflegte, sooft es darum ging, einen ernsten, dringenden Entschluß zu fassen.

»Wann haben Sie sich davon überzeugt, daß er bei Bewußtsein ist?«

»Erst vorgestern«, sprach der Professor. »All meine Versuche, es vorher festzustellen, schlugen fehl.«
»Und sind Sie sicher, daß er Ihnen den Finger gedrückt hat? Haben Sie gespürt, daß er ihn als Antwort auf Ihre Frage drückte? War es nicht vielleicht ein Reflex, eine unbeabsichtigte und somit bedeutungslose Geste?«
»Ich habe das Experiment mehrmals wiederholt. Wenn Sie wollen, machen Sie auch den Versuch, damit Sie sich selber überzeugen . . .«
Er spürte, wie sooft in letzter Zeit, den Finger, der sich behutsam, mit übertriebener Vorsicht, zwischen seine zur Faust geballten Finger schob. Dann hörte er die Stimme des Professors: »Wenn Sie verstehen, was ich sage, drücken Sie den Finger!« Er drückte ihn offenbar fest genug, denn Dr. Bernard zog ihn geschwind und überrascht zurück. Gleich darauf flüsterte er jedoch: *»Traduisez, s'il vous plaît«* und schob den Finger wieder zwischen die seinen. Darauf sprach er langsam und deutlich: *»Celui qui vous parle, est un médecin français. Accepteriez-vous qu'il vous pose quelques questions?«* Er drückte den Finger ebenso fest, noch ehe der Professor zu Ende übersetzt hatte. Diesmal zog der französische Arzt seinen Finger nicht zurück, sondern fragte: *»Vous comprenez le français?«* Er wiederholte den Druck, ohne rechte Überzeugung. Nachdem er eine Weile gezögert hatte, fragte Dr. Bernard: *»Voulez-vous qu'on vous abandonne à votre sort?«* Fast wollüstig ließ er seine Hand reglos liegen, als wäre sie aus Gips. *»Vous preférez qu'on s'occupe de vous?«* Er drückte fest zu. *»Voulez-vous qu'on vous*

donne du chloroforme?« Er ließ seine Hand wieder reglos liegen, versteifte sie, während man ihm weitere Fragen stellte: *»Êtes-vous Jésus-Christ? Voulez-vous jouer du piano? Ce matin, avez-vous bu du champagne?«*
Er erinnerte sich an die Nacht, da alle, Champagner-Gläser in der Hand, um sie beide herum standen und ihnen mit einem Mangel an Taktgefühl, der sie überraschte und ihnen die schreckliche Beschränktheit dieser Menschen vor Augen führte, zugerufen hatten: ›Bis Venedig dürft ihr keinen Tropfen Champagner mehr in den Mund nehmen, sonst wird euch schlecht!‹
›Ich fürchte, sie haben selber mehr Champagner getrunken, als ihnen gut tut‹, sagte Laura, nachdem der Zug sich in Bewegung gesetzt hatte.
Da hörte er die Stimme des Professors:
»Versuchen wir's noch einmal. Vielleicht hat er Ihre Frage nicht richtig verstanden. Ich werde ihn auf Rumänisch fragen.« Und er fuhr mit erhobener Stimme fort: »Wir möchten Ihr Alter erfahren. Für jede Spanne von 10 Jahren drücken Sie mir einmal den Finger.« Er drückte sechsmal den Finger, und zwar jedes Mal fester, dann hielt er plötzlich inne, ohne zu begreifen, weshalb.
»60 Jahre?« staunte der Professor. »Ich habe ihn für jünger gehalten.«
»Bei diesem Larvenzustand«, hörte er die Stimme Bernards, »ist ein Alter schwer zu bestimmen. Fragen Sie ihn, ob er müde ist, ob wir fortfahren dürfen . . .«
Sie führten ihren Dialog noch eine halbe Stunde fort und erfuhren, daß er nicht in Bukarest wohne, daß er einen

einzigen entfernten Verwandten habe und daß es ihm nicht daran liege, diesen vom Unfall in Kenntnis zu setzen, daß er einverstanden sei, jeden noch so riskanten Test über sich ergehen zu lassen, damit man feststelle, ob sein Sehnerv angegriffen worden sei oder nicht. Zum Glück stellten sie keine weiteren Fragen mehr, denn er hätte vermutlich nicht mehr zugehört.

Das Erblinden, von dem Papini bedroht war, hatte den Ausschlag gegeben. Er hatte sich in jener Woche damit zu trösten versucht, daß es sich nicht unbedingt um eine Alterserscheinung handele, daß er immer wieder auf Papinis Unglück zu sprechen kam, weil dieser schließlich einer seiner Lieblingsautoren war und Gefahr lief, das Augenlicht zu verlieren, da kein Chirurg ihn zu operieren wagte. Bald sah er jedoch ein, daß er sich nur selbst zu betrügen versuchte. Dr. Neculache hatte ihm bereits vor einem Jahr erklärt, gegen die Arterienverkalkung sei kein Kraut gewachsen. Er hatte ihm zwar nicht gesagt, daß er auch davon bedroht war, hatte jedoch hinzugefügt: ›Von einem gewissen Alter an muß man auf alles gefaßt sein. Auch mein Gedächtnis läßt allmählich nach‹, war er mit einem traurigen Lächeln fortgefahren. ›Seit einiger Zeit kann ich die Verse der jungen Dichter, die ich entdecke und die mir gefallen, nicht mehr im Kopf behalten.‹

›Auch ich nicht‹, hatte er ihn unterbrochen. ›Ich kannte einst das ganze *Paradiso* auswendig, und jetzt ... Und von den jüngeren Dichtern, die ich lese, kann ich mir fast gar nichts merken ...‹

Und dennoch ... In letzter Zeit, während er mit

geschlossenen Augen im Bett lag, kamen ihm mühelos viele Bücher in den Sinn, die er vor kurzem gelesen hatte, er sagte sich in Gedanken Gedichte von Ungaretti, Ion Barbu und Dan Botta auf, Verse, die er nie bewußt auswendig gelernt hatte. Und was das *Paradiso* anbelangt, so rezitierte er bereits seit vielen Tagen und Nächten jedesmal vor dem Einschlafen seine Lieblingsterzinen. Diese freudige Entdeckung versetzte ihn in Schrecken. ›Nur nicht daran denken!‹ befahl er sich. ›Du mußt deine Gedanken ablenken! . . .‹ Und dennoch konnte er seit geraumer Zeit nicht davon ablassen, unentwegt Gedichte vor sich herzusagen und sich den Inhalt der Bücher, die er gelesen hatte, vor Augen zu führen. ›Ich war ein Narr!‹ sagte er sich, ›habe mich umsonst erschrocken . . .‹ Wiewohl er einmal von zu Hause fortgegangen war und sich, sobald er auf der Straße stand, nicht mehr entsinnen konnte, wohin er gehen wollte. ›Aber vielleicht war das bloß ein Zufall. Vielleicht war ich nur müde . . . Wiewohl ich eigentlich gar keinen Grund hätte, müde zu sein . . .‹

»Eigentlich sind wir nach Hinzuziehen des großen Fachmanns so klug als wie zuvor«, hörte er die Stimme eines diensthabenden Arztes.
»Er behauptete aber auch noch andere solche Fälle zu kennen, erzählte von einem Schweizer Pastor, der auch vom Blitz getroffen wurde, eine fast hundertprozentige Verbrennung erlitt und trotzdem noch viele Jahre lebte. Dieser Mann blieb allerdings stumm. Wie vermutlich auch unser Patient«, fügte er, die Stimme senkend, hinzu.

»Sprechen Sie nicht so laut, er könnte Sie hören«, flüsterte jemand, dessen Stimme er nicht identifizieren konnte.
»Ich habe es absichtlich getan. Ich möchte, daß er mich hört. Wir wollen sehen, wie er reagieren wird. Vielleicht ist er dennoch nicht stumm . . .«
Unwillkürlich öffnete er leicht den Mund. Im gleichen Augenblick hörte er ein lautes Krachen in den Ohren, als stürzten unzählige mit Alteisen beladene Eisenbahnwagen einen felsigen Abhang hinab. Doch wiewohl ihm der Widerhall dieses sich endlos in die Länge ziehenden Getöses betäubte, fuhr er fort, den Mund aufzusperren. Und plötzlich hörte er sich *Nein!* sagen und wiederholte das Wort mehrere Male. Dann fügte er nach einer kurzen Pause hinzu: *Nicht stumm.* Er wußte, daß er sagen wollte: »Ich bin nicht stumm«, aber es gelang ihm nicht, die Worte »ich bin« hervorzubringen. Nach den Geräuschen im Zimmer und der Tür, die rasch geöffnet und wieder geschlossen wurde, begriff er, daß seine zwei Worte Aufsehen erregt hatten. Er behielt seinen Mund weit offen, wagte aber nicht mehr, die Zunge zu bewegen. Als Dr. Gavrilă, der ihm von Anfang an sympathisch gewesen war, weil er den Arztberuf voller Hingabe ausübte, sich seinem Bette näherte, wiederholte er von neuem die Worte und begriff plötzlich, warum es ihm so schwerfiel, sie auszusprechen: Bei jeder Bewegung der Zunge spürte er nämlich, wie einige seiner Zähne wackelten, als drohten sie, gleich auszufallen.
»Das also war es«, flüsterte Gavrilă: »die Zähne. Und sogar die Backenzähne. Rufen Sie Dr. Filip an. Er

möchte, bitte, dringend jemanden herschicken – ideal wäre es, wenn er selber käme – aber er soll gleich alles Nötige mitbringen . . .«
Eine Weile später hörte er wieder wie von weitem Dr. Gavrilăs Stimme:
»Sie halten sich kaum. Hätte er einmal tüchtig heruntergeschluckt, so hätte ihm ein Backenzahn im Halse steckenbleiben können . . . Verständigen Sie den Professor.«
Er spürte, wie jemand seinen Vorderzahn mit einer Pinzette anfaßte und ihn mühelos auszog. Darauf fing er zu zählen an. Binnen weniger Minuten zog Dr. Filip ihm ebenso leicht weitere neun Vorderzähne und fünf Backenzähne.
»Ich begreife nicht, was da los ist. Die Wurzeln sind alle gesund. Es ist, als würden ihm lauter Weisheitszähne nachwachsen und nach vorne drängen. Aber das ist ja undenkbar! Wir müssen ihn röntgen . . .«
Der Professor trat auf sein Bett zu und legte ihm zwei Finger auf die rechte Hand.
»Versuchen Sie, etwas zu sagen, egal was, irgendein Wort, oder bringen Sie auch nur einen Laut hervor.«
Er machte einen Versuch, bewegte, diesmal ohne Angst, die Zunge, doch es gelang ihm nicht, das zu sagen, was er gewollt hätte. Schließlich resignierte er und stieß aufs Geratewohl kurze Worte hervor: Mensch, Ochs, Ei, Nuß, Feder, Nadel, Speichel . . .
In der dritten Nacht hatte er einen Traum, an den er sich ganz genau erinnern konnte. Er war unerwartet nach Piatra-Neamţ zurückgekehrt und befand sich unterwegs zum Gymnasium. Doch je näher er kam,

um so größer wurde die Anzahl der Passanten. Auf dem Bürgersteig rings um sich erkannte er viele seiner ehemaligen Schüler. Sie sahen so aus wie damals vor 10, 20 oder 25 Jahren, als er sich von ihnen getrennt hatte. Er faßte einen am Arm. ›Wohin drängt ihr alle, Teodorescu?‹ fragte er ihn. Der Junge sah ihn groß an und lächelte verlegen. Er erkannte ihn offenbar nicht. ›Wir gehen ins Gymnasium‹, sagte er. ›Heute wird Professor Dominic Mateis hundertster Geburtstag gefeiert.‹

›Der Traum gefällt mir nicht‹, wiederholte er mehrmals in Gedanken. ›Ich weiß nicht weshalb, aber er gefällt mir nicht . . .‹ Er wartete, bis die Krankenschwester wegging und versuchte vorsichtig und innerlich ganz aufgewühlt, die Lider einen Spalt breit zu öffnen. Als er eines Nachts erwacht war, hatte er plötzlich auf einen bläulichen, hellen Fleck gestarrt, ohne sich dessen bewußt zu sein, daß er die Augen geöffnet hatte, und ohne zu begreifen, was er da sah. Er spürte, wie sein Herz erschrocken zu klopfen anfing, und schloß schnell die Augen. Aber in der nächsten Nacht erwachte er wieder und starrte mit offenen Augen auf den gleichen hellen Fleck – und da er nicht wußte, wie er sich verhalten sollte, fing er in Gedanken zu zählen an. Als er bei 72 angelangt war, funkte es endlich bei ihm. Er begriff, daß eine Nachtlampe hinten im Zimmer das Licht ausstrahlte. Es gelang ihm, seine ungestüme Freude in Zaum zu halten, während er mit den Blicken geruhsam Wand um Wand abtastete, den Raum betrachtete, in dem er sich befand, in den er einen Tag vor Professor Bernards

Ankunft umgelegt worden war. Seither öffnete er immer wieder seine Augen, sooft er allein blieb, besonders des Nachts, bewegte leicht den Kopf, dann die Schultern und fing an, die Umrisse und Formen, die Schatten und die Halbschatten ringsum zu prüfen. Es fiel ihm schwer zu glauben, daß er auch früher schon fähig gewesen war, eine solche Seligkeit zu empfinden. Das bloße aufmerksame, langsame Anschauen der Gegenstände neben ihm machte ihn restlos glücklich.

»Warum haben Sie nicht auch uns gezeigt, daß Sie die Augen öffnen *können*?« hörte er die Stimme eines diensthabenden Arztes, und im nächsten Augenblick nahm er ihn wahr. Der Mann sah genau so aus, wie er sich ihn nach den Modulationen der Stimme vorgestellt hatte: hochgewachsen, brünett, dürr, leichte Glatze. Der hatte also Lunte gerochen, lauerte ihm seit längerer Zeit auf, um ihn zu ertappen.

»Ich weiß es selber nicht«, erwiderte Matei halblaut. »Vielleicht wollte ich mich zunächst selber davon überzeugen, daß ich mein Augenlicht nicht verloren habe . . .«

Der diensthabende Arzt sah ihn mit einem abwesenden Lächeln an.

»Sie sind ein seltsamer Mensch. Als der Professor Sie fragte, wie alt Sie wären, erwiderten Sie: 60 . . .«

»Ich bin älter . . .«

»Das klingt recht unglaubwürdig. Sie dürften gehört haben, was die Krankenschwestern miteinander tuschelten.«

Matei nickte mit dem Kopf wie ein gehorsamer Schüler, der bereit ist, Buße zu tun. Er hatte das Getuschel der Krankenschwestern gehört: »Wie alt behauptete er zu sein? 60? Der macht uns was vor. Sie haben ihn doch soeben, als wir ihn wuschen, selber gesehen; das ist ein Mann in der Blüte seiner Jahre. Der ist noch keine 40 Jahre alt ...«

»Ich möchte nicht, daß Sie glauben, ich hätte Sie heimlich beobachtet, um Sie zu entlarven und bei der Direktion anzuzeigen. Aber den Professor muß ich informieren. Mag er dann entscheiden ...«

Ein andermal hätte ihn das verärgert oder in Furcht versetzt, jetzt aber machte es ihm nichts aus. Unbekümmert begann er, anfangs nur in Gedanken, dann langsam die Lippen bewegend, eins seiner Lieblingsgedichte von Ungaretti, *La morte meditata* vor sich hinzumurmeln:

Sei la donna che passa
Come una foglia
E lasci agli alberi un fuoco d'autumno ...

Es fiel ihm ein, daß sie zum Zeitpunkt, da er dieses Gedicht zum erstenmal gelesen hatte, längst voneinander getrennt waren: Seit fast 25 Jahren. Und dennoch hatte er an sie gedacht, als er es las. Er wußte nicht, ob er noch mit der gleichen Glut wie zu Beginn ihrer Beziehung an ihr hing, ob er sie noch so liebte wie damals am Morgen des 12. Oktobers 1904, als er es ihr, nachdem sie das Gericht verlassen hatten und zum Cişmigiu gegangen waren, gestand. Beim Abschied hatte er ihr die Hand geküßt und hinzugefügt: »Ich wünsche dir ... nun, du weißt schon, was ich sagen will ... Aber ich möchte, daß du noch etwas weißt: Ich werde dich bis ans Ende meines Lebens lieben ...« Er war sich dessen nicht sicher, ob er sie noch liebte, aber als er den Vers *Sei la donna che passa* las, schweiften seine Gedanken zu ihr.

»Sie haben sich also überzeugt, daß Sie außer Gefahr sind.« Mit diesen Worten trat am nächsten Morgen der Professor strahlend auf sein Bett zu. Er schien ganz aufgeräumt zu sein. Der Professor war nicht sehr groß, seine aufrechte Körperhaltung und die Art, wie er den Kopf hochhielt, als würde er zu einer Parade ausmarschieren, verliehen ihm jedoch einen martialischen Zug, der einschüchternd wirkte. Wäre sein Haar nicht fast schlohweiß gewesen, man hätte ihn für streng gehalten. Selbst wenn er lächelte, blieb er feierlich, distanziert.

»Und erst jetzt beginnen Sie ›ein interessanter Fall‹ zu sein«, fügte er, sich auf den Stuhl neben dem Bett setzend, hinzu. »Ich nehme an, Sie begreifen weshalb. Bisher hat keiner eine plausible Erklärung gefunden, weder hier noch im Ausland. So wie der Blitz Sie getroffen hat, hätten Sie auf der Stelle tot oder in 10-15 Minuten ersticken oder bestenfalls gelähmt, stumm oder blind bleiben müssen. Die Rätsel, vor die Sie uns stellen, nehmen von Tag zu Tag zu. Wir sind aber noch nicht dahintergekommen, auf welchen Reflex es zurückzuführen ist, daß Sie 23 Tage den Mund nicht öffnen konnten und künstlich ernährt werden mußten. Vermutlich ist es Ihnen erst gelungen, den Mund zu öffnen, als Sie die Vorder- und Backenzähne, die das Zahnfleisch nicht mehr halten konnte, eliminieren mußten. Wir haben daran gedacht, Ihnen ein falsches Gebiß anfertigen zu lassen, damit Sie essen und vor allem normal sprechen können. Aber vorläufig sind wir davon abgekommen, denn die Röntgenaufnahmen weisen darauf hin, daß Zähne nachrücken. Sie werden in kurzer Zeit ein vollständig neues eigenes Gebiß haben.«

»Unmöglich!« stieß Matei ungläubig hervor.

»Auch die Zahnärzte und alle übrigen Kollegen halten es nicht für möglich, und dennoch zeigen die Röntgenaufnahmen es ganz deutlich ... Deswegen, um abzuschließen, meinte ich ja, daß Ihr Fall erst jetzt ungemein interessant zu werden verspricht. Es handelt sich da nicht mehr um einen ›lebenden Toten‹, sondern um etwas völlig anderes, um was genau, wissen wir noch nicht ...«

›Ich muß auf der Hut sein, daß ich nichts falsch mache, mich nicht verrate. Heute oder morgen werden sie mich nach meinem Namen, meiner Adresse, meinem Beruf fragen. Im Grunde genommen, warum sollte ich mich fürchten? Ich habe doch nichts begangen. Vom weißen Briefumschlag weiß keiner, vom blauen erst recht niemand ...‹ Und dennoch, ohne zu begreifen weshalb, wollte er um jeden Preis die Anonymität wahren, wollte ihnen auch weiterhin Rätsel aufgeben wie zu Anfang, als sie ihm zuriefen: ›Hören Sie mich oder nicht? Wenn Sie verstehen, was ich Ihnen sage, drücken Sie meinen Finger! ...‹ Zum Glück fiel es ihm jetzt, da er ohne Zähne war, schwer zu sprechen. Es würde ihn keine Mühe kosten, auch die wenigen Worte zu verdrehen, die er imstande war hervorzubringen. Wie aber, wenn sie ihn auffordern würden zu schreiben? Er betrachtete, scheinbar zum erstenmal aufmerksam, seinen Arm und seine rechte Hand. Die Haut war frisch, glatt, gestrafft, begann ihre einstige Farbe wiederzuerlangen. Er tastete langsam und vorsichtig seinen Arm bis zum Ellenbogen ab, dann strich er mit zwei Fingern über seinen Bizeps. Wie seltsam! Vielleicht war es der vierwöchigen absoluten Ruhestellung und jenen nahrhaften Flüssigkeiten zu verdanken, die sie ihm direkt in die Venen gespritzt hatten ... »Der ist ja ein Mann in der Blüte seiner Jahre!« hatte die Krankenschwester gesagt. Und tags zuvor hatte er gehört, wie die Tür vorsichtig geöffnet wurde, Schritte sich seinem Bett näherten, der diensthabende Arzt »er schläft, wecken Sie ihn nicht«, flüsterte und dann eine fremde, heisere Stimme sagte: »Er kann es nicht sein ... Wir müßten ihn allerdings auch ohne Bart sehen ... Aber der Kerl, den wir suchen, ist ein Student, der nicht mehr als 22 Jahre alt ist, während der hier wie ein Vierzigjähriger aussieht ...«

Da erinnerte er sich wieder an das Gewitter. »Merkwürdigerweise hat es nur dort geregnet, wo er vorbeigekommen ist, vom Nordbahnhof bis in der Nähe des Boulevard Elisabeta«, sagte einer der diensthabenden Ärzte. »Es war ein Platzregen wie mitten im Sommer, hielt lange genug an, um den ganzen Boulevard zu überschwemmen, aber einige hundert Meter weiter fiel kein Tropfen.«

»Stimmt«, setzte jemand hinzu, »ich kam dort vorbei, als wir die Kirche verließen, und das Wasser auf dem Boulevard war noch nicht abgeflossen ... Manche behaupten, man hätte ein Attentat zu verüben versucht, denn es sollen Sprengladungen gefunden worden sein. Von der Sturzflut überrascht, mußten die Attentäter jedoch im letzten Augenblick ihr Vorhaben aufgeben.«

»Das dürfte eine Erfindung der Sicherheitspolizei sein, um die Verhaftungen unter der Studentenschaft zu rechtfertigen . . .«

Dann verstummten alle jäh.

›Ich muß aufpassen‹, wiederholte Matei sich in Gedanken. ›Am Ende verwechseln sie mich mit einem der von der Sicherheitspolizei gesuchten Legionäre, die sich versteckt halten. Dann muß ich meine Identität preisgeben. Sie werden mich nach Piatra schicken, um meine Aussagen zu verifizieren. Und dann . . .‹ Aber wie gewöhnlich gelang es ihm, sich von dem Gedanken, der ihm zusetzte, zu befreien. Er lenkte sich ab, indem er sich den 11. Gesang des *Purgatorio* vor Augen führte. Dann versuchte er, sich an die *Äneis* zu erinnern: *Agnosco veteris vestigia flammae* . . .

»Mit Ihnen, Herr Matei, ist wirklich nicht auszukommen. Sie springen von einem Buch zum andern, von einer Sprache zur andern, von einer Wissenschaft zur anderen. Deswegen seid ihr auch auseinandergegangen«, hatte Nicodim mit einem traurigen Lächeln hinzugefügt. Damals hatte Matei es ihm nicht übelgenommen. Er hatte ihn gern. Ein braver Moldauer, still und ehrlich.

»Nein, Herr Nicodim, das Lehrbuch der japanischen Sprache hat nichts mit unserer Trennung zu tun . . .«

»Warum erwähnen Sie das Lehrbuch für Japanisch?« fragte ihn Nicodim überrascht.

»Ich dachte, Sie würden sich darauf beziehen, auf das Gerücht, das in der Stadt umläuft . . .«

»Und zwar? . . .«

»Es heißt, ich wäre mit dem Lehrbuch für Japanisch heimgekehrt, hätte gleich das Heft aufgeschlagen und zu lernen angefangen, worauf Laura mir gesagt haben soll . . . Nun ja, sie soll mir unter die Nase gerieben haben, daß ich tausenderlei anfange und nichts zu Ende führe, und deswegen sollen wir auseinander gegangen sein . . .«

»Nein, davon ist mir nichts zu Ohren gekommen. Wohl habe ich den einen und anderen darüber reden gehört, daß Fräulein Laura an Ihren galanten Abenteuern Anstoß genommen hat, daß Sie besonders vorigen Sommer um eine Französin herumscharwenzelt sind, von der Sie behaupteten, Sie würden sie von der Sorbonne her kennen, aber . . .«

»Nein«, war Matei ihm mit einem müden Achselzukken ins Wort gefallen. »Das war etwas ganz anderes. Es stimmt, daß Laura Verdacht schöpfte, weil sie von einem meiner früheren Verhältnisse Wind bekommen hatte. Aber sie ist eine intelligente Frau, weiß, daß ich einzig und allein sie liebe, daß die andern, nun ja . . . Aber ich muß Ihnen sagen, daß wir die besten Freunde geblieben sind.«

Mehr hatte er ihm jedoch nicht anvertraut. Mehr hatte er niemandem gesagt. Selbst seinem besten Freund Dadu Rareș nicht, der 12 Jahre später an Tuberkulose starb.

Wiewohl Dadu vielleicht der einzige war, der die Wahrheit erriet. Vielleicht hatte auch Laura ihm eini-

ges durchblicken lassen, denn die beiden verstanden einander recht gut.
»Ich höre Ihnen zu«, sagte der Professor in etwas gereiztem Ton. »Ich höre Ihnen zu und begreife Sie nicht. Seit einigen Tagen machen Sie keinerlei Fortschritte. Ich habe sogar den Eindruck, daß Sie Worte, die auszusprechen Sie vorige Woche zustande brachten, heute ... Sie müssen mittun. Fürchten Sie nicht die Zeitungsleute. Ich habe strikten Auftrag gegeben, Sie nicht zu interviewen. Natürlich war Ihr Fall zu außergewöhnlich, als daß man nicht in der Stadt davon erfahren hätte. Es sind allerlei Nachrichten in Umlauf gekommen und Artikel in verschiedenen Zeitungen erschienen, die meisten von ihnen absurd und lächerlich. Aber um zurückzukommen: Sie müssen mittun, wir müssen mehr von Ihnen erfahren: woher Sie kommen, wer Sie sind, welchen Beruf Sie haben und alles übrige.«
Matei nickte brav mit dem Kopf und wiederholte mehrmals: »Schon gut! Schon gut!« ›Die Sache wird ernst, ich muß mich zusammenreißen.‹ Zum Glück spürte er am nächsten Tag, als er mit der Zunge über sein Zahnfleisch fuhr, die Spitze des ersten Stoßzahns. Mit einer übertriebenen Unschuldsmiene zeigte er ihn der Krankenschwester, dann den diensthabenden Ärzten und täuschte ihnen vor, es wäre ihm unmöglich, ein Wort hervorzubringen. Aber die Zähne wuchsen schnell, einer nach dem anderen. Bis zum Wochenende waren alle heraus. Jeden Morgen kam ein Zahnarzt, untersuchte ihn und machte sich Notizen für den Artikel, den er vorbereitete. Einige Tage litt Matei an

einer Zahnfleischentzündung und konnte, selbst wenn er es gewollt hätte, nicht wirklich gut sprechen. Es waren seine heitersten Tage, denn er fühlte sich wieder geschützt, vor jeder Überraschung gefeit. Auch fühlte er sich wieder so energiegeladen und so voller Selbstvertrauen, wie er es seit dem Krieg nie mehr gewesen war, seit damals, als er in Piatra-Neamţ eine, wie die Lokalzeitungen es nannten »Bewegung der kulturellen Renaissance« ins Leben gerufen hatte, die in der ganzen Moldau nicht ihresgleichen kannte. Selbst Nicolae Jorga* hatte sie in seinem Vortrag, den er am Gymnasium hielt, lobend erwähnt. Er hatte einen Teil des Nachmittags bei ihm zu Hause verbracht und aus seiner Überraschung keinen Hehl gemacht, als er die vielen Tausende von Bänden über Orientalistik, klassische Philologie, Geschichte des Altertums und Archäologie entdeckte.«

»Warum schreiben Sie nichts, Herr Kollege?« hatte er ihn mehrmals gefragt.

»Ich arbeite, Herr Professor, ich bemühe mich seit etwa 10 Jahren, eine Arbeit abzuschließen . . .« Da hatte der ewig zu Späßen aufgelegte Davidoglu dazwischengefunkt: »Fragen Sie ihn doch, Herr Professor, um was für Arbeit es sich da handelt? *De omni re scibili!* . . .« Es war eine jener abgedroschenen »witzigen« Bemerkungen, mit denen seine Kollegen ihn zu frotzeln pflegten, sooft sie ihn einen Stoß neuer Bücher unter dem Arm, die er gerade an jenem Morgen aus Paris, Leipzig oder Oxford erhalten hatte, das Konferenzzimmer betreten sahen.

* Berühmter rumänischer Historiker. Anmerkung des Übersetzers.

»Wann beabsichtigen Sie endlich aufzuhören, Herr Matei?« fragten sie ihn.
»Wie soll ich aufhören? Ich bin ja noch nicht einmal auf halbem Wege angelangt . . .« Eigentlich war es ihm klar, daß er gezwungen sein würde, einen guten Teil seiner kostbaren Zeit hier als Gymnasiallehrer mit Unterricht zu vergeuden, da er das bißchen Vermögen, das ihm übriggeblieben war, vor dem Krieg für teure Bücher und Studienreisen ausgegeben hatte. Dabei interessierten ihn Latein und Italienisch längst nicht mehr; er hätte, wenn es möglich gewesen wäre, viel eher die Geschichte der Zivilisation oder Philosophie unterrichtet.
»Für das, was Sie alles gern machen würden, brauchten Sie zehn Leben, und auch die würden Ihnen nicht ausreichen . . .«
Einmal hatte er ihnen im Brustton der Überzeugung erwidert: »Eins steht jedenfalls fest. Für die Philosophie braucht man nicht zehn Leben . . . *Habe nun ach, Philosophie . . . durchaus studiert!** zitierte der Deutschlehrer feierlich. »Wie es weitergeht, wissen Sie ja«, hatte er hinzugefügt.
Den Indiskretionen der Assistenten entnahm er, weshalb der Professor so nervös war: Bernard verlangte von ihm immer ausführlichere und genauere Informationen. *En somme, qui est ce Monsieur?* hatte er ihn in einem Brief gefragt. (»Das ist aber nicht sicher«, hatte jemand bemerkt. »Das behauptet Dr. Gavrilă, aber auch er hat den Brief nicht gesehen.«) Natürlich hatte Bernard längst erfahren, daß der Unbekannte, den er

* Deutsch im Original.

Anfang April untersucht hatte, sein Augenlicht nicht verloren und zu sprechen begonnen hatte. Nun war er neugieriger als je zuvor. Es interessierten ihn nicht bloß die jeweiligen Etappen der physischen Wiederherstellung, sondern auch möglichst viele Einzelheiten über die geistigen Fähigkeiten des Patienten. Die Tatsache, daß dieser Französisch verstand, war ein Hinweis, daß er eine gewisse Bildung besaß. Nun wollte Bernard gerne wissen, was davon übriggeblieben und was verlorengegangen war. Er suggerierte eine Reihe von Testen im Hinblick auf Wortschatz, Syntax und verbale Assoziationen des Patienten.

»Aber wann werden Sie die Arbeit endlich fertig haben, Mensch?«

»Ich muß noch den ersten Teil schreiben; die anderen Teile – Altertum, Mittelalter und Moderne Zeit – sind fast fertig. Aber der erste Teil, begreifen Sie, die Anfänge – der Ursprung der Sprache, der Gesellschaft, der Familie, aller anderen Institutionen ... das erfordert Jahre und Jahre der Forschung. Und mit unseren Provinzbibliotheken ... Vor Zeiten kaufte ich so viel als möglich zusammen, aber jetzt, bei der Armut ...«

Im Grunde war es ihm, je weiter die Zeit fortschritt, immer klarer, daß es ihm nicht gegeben sein würde, sein einziges Buch, das Werk seines Lebens zu beenden. Eines Morgens war er mit einem Aschegeschmack im Mund aufgewacht. Er ging auf die 60 zu und hatte nichts abgeschlossen von all dem, was er in Angriff genommen hatte. Und seine »Jünger«, wie er manche seiner blutjungen Kollegen gern zu nennen pflegte, die in Bewunderung für ihn aufgingen und wenigstens an einem Abend in der Woche in der Bibliothek zusammentrafen, um ihn von den ungeheuren Problemen sprechen zu hören, die er sich vorgenommen hatte zu lösen, »die Jünger« verstreuten sich im Verlauf der Jahre, wurden in andere Städte versetzt. Kein einziger von ihnen war geblieben, dem er wenigstens seine Manuskripte und das gesammelte Material hätte anvertrauen können.

Seitdem er gehört hatte, daß man ihn im Kaffeehaus »den Ehrwürdigen« oder »Papst« nannte, erkannte er, daß das Prestige, daß er während des Krieges gewonnen hatte, als Nicolae Jorga ihn zu Beginn seines Vortrages gelobt hatte und aus Jassy von Zeit zu Zeit Studenten zu ihm sandte, damit sie seine Bücher konsultierten, daß dieses Prestige zu verblassen anfing. Ehe er sich's versah, stand er im Konferenzraum oder im Kaffeehaus »Select« nicht mehr im Mittelpunkt der allgemeinen Aufmerksamkeit, sprühte nicht mehr Funken wie seinerzeit. Und seit unlängst, seitdem Vaian die Bemerkung hatte fallen lassen, »der Ehrwürdige« sei ganz verkalkt, wagte er kaum noch, ihnen über die neuen Bücher zu berichten, die er las, über die Artikel aus der *NRF, La Fiera Letteraria* oder den *Criterion.* Und dann folgten, eine nach der anderen, was er in seiner Geheimsprache ›Die Gewissenskrisen‹ nannte.

»Aber was suchen Sie denn hier, Herr Matei?«

»Ich ging spazieren, hatte wieder Migräne und wollte ein wenig an die Luft . . .«

»In diesem Aufzug, im Pyjama, wo doch Weihnachten vor der Tür steht! Sie werden sich erkälten! . . .«

Am nächsten Tag war er zum Stadtgespräch geworden. Vermutlich warteten sie im Kaffeehaus auf ihn, um ihn auszuholen. Aber er ging an jenem Tag nicht hin. Auch nicht am nächsten.

»Bei nächster Gelegenheit!« rief er eines Nachmittags vor dem Kaffeehaus »Select« lachend aus. »Bei nächster Gelegenheit . . .«

»Was wird bei nächster Gelegenheit sein?« wollte Vaian wissen.

›In der Tat, was würde da sein?‹ Er sah ihn finster an und versuchte, sich zu entsinnen. Schließlich zuckte er mit den Achseln und ging heim. Erst als er die Hand auf die Türklinke legte, fiel es ihm ein: Bei der nächsten Gelegenheit würde er den blauen Umschlag öffnen. ›Aber nicht hier, wo mich alle Leute kennen. Weit weg, in einer anderen Stadt, in Bukarest zum Beispiel.‹

Eines Morgens verlangte er von der Krankenschwester ein Blatt Papier, einen Bleistift und einen Briefumschlag. Er schrieb einige Zeilen, klebte den Umschlag zu und adressierte ihn an den Professor. Dann schickte er sich an zu warten und spürte, wie sich sein Herzschlag beschleunigte. In solcher Aufregung war er schon lange nicht gewesen. Seit wann wohl? Vielleicht seit dem Morgen, als er von der allgemeinen Mobilmachung Rumäniens erfahren hatte. Oder seit früher schon, als er vor 12 Jahren beim Betreten des Salons erkannt hatte, daß Laura ihn dort erwartete und sprechen wollte. Er hatte damals den Eindruck gehabt, ihre Augen wären feucht. »Ich muß dir sagen«, setzte sie mit einem gezwungenen Lächeln zum

Sprechen an. »Es ist viel zu wichtig für uns beide, als daß ich es dir verberge ... Ich muß dir gestehen ... Ich fühle es schon seit langem, aber seit einiger Zeit gibt mir der Gedanke keine Ruhe mehr. Ich habe das Empfinden, daß du nicht mehr *der meinige* bist ... Unterbrich mich, bitte, nicht. Es ist nicht, was du glaubst. Ich habe das Empfinden, daß du nicht mehr mein bist, daß du nicht *hier* an meiner Seite, sondern völlig abwesend bist – ich denke an deine Forschungsarbeiten, die mich, ob du es glaubst oder nicht, interessieren – aber ich habe das Empfinden, daß du in einer anderen, mir fremden Welt lebst, in die ich dir nicht folgen kann. Deswegen wäre es vernünftiger, wenn wir auseinandergingen. Es wäre für mich, und auch für dich, glaube ich, besser. Wir sind beide jung ... Lieben beide das Leben. Du wirst es später auch einsehen ...«

»Gut«, sagte der Professor, nachdem er den Brief sorgfältig zusammengefaltet und ihn in sein Notizbuch gelegt hatte. »Ich komme etwas später.«

Er kehrte nach einer Stunde zurück, sperrte die Tür ab, um nicht gestört zu werden, und setzte sich auf den Stuhl vor das Bett.

»Ich höre Ihnen zu. Sie brauchen sich nicht allzusehr anzustrengen. Schreiben Sie die Worte, die Sie nicht aussprechen können, auf«, setzte er hinzu und reichte ihm ein Blatt Papier.

»Sie müssen verstehen, weshalb ich diese Taktik einschlug«, fing er bewegt zu sprechen an. »Ich war dazu genötigt, weil ich den Rummel vermeiden wollte. Die Wahrheit ist folgende. Ich heiße Dominic Matei, bin am 8. Januar 70 Jahre alt geworden, war Lehrer für Latein und Italienisch am ›Alexandru Ion Cuza‹-Gymnasium in Piatra-Neamţ, wo ich meinen Wohnsitz habe. Ich wohne in der Episcopiei-Straße Nr. 18. Habe dort ein eigenes Haus und eine Bibliothek, die ungefähr 8000 Bände umfaßt. Die habe ich in meinem Testament dem Gymnasium vermacht . . .«

»Großartig!« rief der Professor aus, nachdem er tief Atem geholt hatte, und sah ihn wieder etwas erschrokken an.

»Es wird Ihnen sicherlich nicht schwerfallen, meine Angaben nachzuprüfen. Aber ich flehe Sie an, es überaus diskret zu tun. Ich bin eine stadtbekannte Figur. Wenn Sie ein übriges wollen, kann ich Ihnen den Plan meines Hauses aufzeichnen, die Bücher aufzählen, die auf meinem Schreibtisch liegen und auch jeden anderen Hinweis geben, den Sie wünschen. Aber vorderhand wenigstens darf niemand erfahren, was mir zugestoßen ist. Es ist ja – wie Sie selber sagten – sensationell genug, daß ich mit dem Leben davongekommen bin. Wenn man noch erfährt, daß ich verjüngt bin, werde ich keine ruhige Minute mehr haben . . . Ich sage Ihnen das, weil die Sicherheitsagenten, die mich bereits aufsuchten, es niemals glauben werden, daß ich die Siebzig überschritten habe. Somit werden sie meine Identität in Zweifel stellen, werden mich verhören, und was kann nicht alles geschehen, wenn man verhört wird . . . Wenn Sie es daher für wichtig halten, ich meine der Mühe wert, daß mein Fall noch weiterhin hier im Krankenhaus untersucht wird, bitte ich Sie inständig, eine fiktive

Identität für mich zu erfinden. Natürlich eine provisorische. Sollte mein Verhalten Sie späterhin nicht zufriedenstellen, so können Sie das Geheimnis preisgeben.«
»Darauf kommt es nicht an«, unterbrach ihn der Professor. »Vorläufig ist es nur wichtig, daß Ihre Lage geregelt wird. Das wird, hoffe ich, nicht allzu schwer zu erreichen sein. Aber welches Alter sollen wir angeben? Wenn man Ihnen den Bart abrasiert, werden Sie wie ein junger Mann von 30 bis 31 Jahren aussehen. Sollen wir 32 einsetzen? ...«
Der Professor wollte nochmals den Namen der Straße und die Hausnummer wissen und notierte sich alles in sein Notizbuch.
»Das Haus dürfte natürlich abgesperrt sein«, bemerkte er nach einer Weile.
»Ja und nein. Eine alte Frau namens Veta, meine Wirtschafterin seit eh und je, bewohnt die beiden kleinen Zimmer neben der Küche und hat die Schlüssel zu allen anderen Räumen.«
»Irgendwo dürfte es ja auch ein Fotoalbum geben, ich meine ein Album mit Fotos aus Ihrer Jugend ...«
»Es gibt sogar 3 Alben. Die liegen alle in der oberen Schublade meines Schreibtisches. Der Schlüssel zur Schublade befindet sich unter der Zigarettenschachtel auf dem Schreibtisch ... Aber wenn der Betreffende, den Sie hinschicken, mit Veta sprechen wird, wird man es in der ganzen Stadt erfahren ...«
»Wenn man vorsichtig vorgeht, kann man das vermeiden.«
Der Professor steckte versonnen sein Notizbuch ein,

schwieg eine Weile und fuhr nur fort, Matei zu betrachten.

»Ich muß gestehen, daß mich Ihr Fall brennend interessiert«, sagte er und stand auf. »Ich begreife nichts, und alle stehen wir vor einem Rätsel ... Die Übungen machen Sie wahrscheinlich nachts, wenn Sie allein bleiben«, fügte er hinzu.

Matei zuckte verlegen die Achseln.

»Ich spürte, wie mir die Beine erstarrten, und da bin ich aus dem Bett gestiegen und habe hier auf dem Teppich ...«

»Hat Sie nichts frappiert?«

»Doch. Ich habe mich ganz betastet, spürte meine Muskeln, wie sie vor Zeiten waren: gestrafft und kräftig. Darauf war ich nicht gefaßt. Nach so viel Wochen absoluter Immobilität war ich auf eine, wie soll ich's sagen? Auf eine Art von ...«

»Ja, das wäre zu erwarten gewesen«, unterbrach ihn der Professor.

Er ging zur Tür, blieb jedoch stehen, wandte sich um und suchte Mateis Blick.

»Sie haben mir Ihre Bukarester Adresse nicht angegeben.«

Matei spürte, wie ihm die Röte ins Gesicht stieg, aber er zwang sich ein Lächeln ab.

»Ich habe hier keine Adresse, weil ich eben angekommen war. Mit dem Zug von Piatra-Neamţ. Ich traf gegen Mitternacht ein. Es war die Auferstehungsnacht.«

Der Professor maß ihn mit einem langen, ungläubigen Blick.

»Aber Sie beabsichtigten doch jedenfalls irgendwohin zu gehen ... Und dort auf dem Bürgersteig hat man neben Ihnen keinerlei Koffer gefunden ...«

»Ich hatte keinerlei Gepäck mit. Außer einem blauen Briefumschlag hatte ich nichts bei mir. Ich war hergekommen mit der Absicht, Selbstmord zu begehen. Ich glaubte, Arteriosklerose zu haben. Mein Gedächtnis ließ nach ...«

»Und da sind Sie hergekommen, um sich umzubringen?« fragte der Professor.

»Ja. Ich glaubte, es bliebe mir nichts anderes übrig, sah den einzigen Ausweg im blauen Briefumschlag. In ihm bewahrte ich seit langem einige Milligramm Strychnin auf ...«

II

Er wußte, daß er träumte, und fuhr sich ständig mit der Hand über das glattrasierte Gesicht, aber es gelang ihm nicht, ganz wach zu werden. Erst nachdem der Wagen am Ende des Boulevards angelangt war, erkannte er das Viertel; er erkannte es hauptsächlich an dem Duft der Linden, die gerade in Blüte standen. Wir fahren in Richtung Chaussee, begriff er. Er war seit einigen Jahren nicht mehr hier vorbeigekommen und betrachtete bewegt die alten Häuser, die ihn an seine Studentenzeit erinnerten. Dann kamen sie auf eine von hohen Bäumen umsäumte Allee: Im nächsten Augenblick ging das Tor auf, der Wagen fuhr langsam über den Kiesweg und hielt vor der blaugrauen Steintreppe.

»Warum steigen Sie nicht aus?« hörte er eine unbekannte Stimme ihn fragen. Er sah sich erstaunt um: Es war niemand da. Es schien ihm, daß die Tür oben, am Ende der Treppe geöffnet wurde. Man erwartete ihn also. ›Ich sollte aussteigen‹, sagte er sich.

Als er erwachte, blendete ihn das grelle Licht von draußen, so daß er überrascht auf die Uhr schaute. Es war noch keine sechs. Vermutlich haben sie vergessen, die Rolläden herunterzulassen. Nach einer geraumen Weile hörte er die Tür aufgehen.

»Ich habe Ihnen die Kleider gebracht«, sagte die Krankenschwester und trat, die Arme voll beladen, an sein Bett. Es war Anetta, eine noch junge Frau und die dreisteste von allen. Einige Tage zuvor hatte sie ihm tief in die Augen geblickt und gesagt: »Wenn Sie endlich da 'rauskommen, führen Sie mich vielleicht einmal ins Kino aus oder . . .«

Sie half ihm, sich anzukleiden, wiewohl er ihrer Hilfe nicht bedurfte. Ihren enttäuschten Blicken entnahm er, daß die Jacke nicht gut saß (›Sie ist mir an den Schultern zu eng‹, sagte er sich) und die blaue Krawatte mit den kleinen grauen Dreiecken nicht zum gestreiften Hemd paßte. Bald trat der diensthabende Arzt ein. Die Brauen runzelnd, begann er, ihn aufmerksam zu untersuchen.

»Man sieht von weitem, daß es nicht Ihre Kleider sind. Sie könnten sich verdächtig machen. Wir werden Ihnen andere aussuchen müssen. Dr. Gavrilă sagte, er hätte einige sehr gut erhaltene Anzüge von seinem Onkel.«

»Er hat sie von seinem verstorbenen Onkel geerbt«, präzisierte Anetta, »und es ist nicht gut, die Kleider von fremden Verstorbenen zu tragen. Wenn sie von den nächsten Angehörigen sind, ist das etwas anderes, dann trägt man sie, um diese nächsten Verwandten im Gedächtnis zu bewahren, sozusagen als Andenken . . .«

»Das macht nichts«, sagte Matei lächelnd. »Heute habe ich jedenfalls keine Zeit mehr, mich umzuziehen. Vielleicht bei anderer Gelegenheit, wenn ich wieder hier vorbeikomme . . .«

»Ja, aber in dieser Jacke lenken Sie die Aufmerksamkeit auf sich und riskieren, verfolgt zu werden . . .«, wandte der diensthabende Arzt ein.

»Wenn er sich im Fond des Wagens duckt, fällt er vielleicht nicht auf . . .«

Zwei Stunden später stieg er in den Hof hinunter, von Dr. Chirilă begleitet, für den er weniger Sympathie empfand, weil er einmal draufgekommen war, daß dieser Arzt sich in seinem Zimmer versteckte, und den Eindruck hatte, er würde ihm die ganze Zeit nachspionieren. Als er den Wagen erblickte, fuhr er zurück.

»Dieses Auto habe ich bereits gesehen«, flüsterte er. »Ich habe es heute nacht im Traum gesehen ... Manche würden sagen, es sei ein böses Omen, würden einen Unfall befürchten«, fügte er hinzu.

»Ich bin nicht abergläubisch«, sprach Dr. Chirilă kurz und bündig und öffnete den Wagenschlag. »Außerdem werden wir erwartet ...«

Als der Wagen die Richtung Boulevard einschlug, überkam Matei ein seltsames Gefühl der Ruhe, das in ihm unbegreiflicherweise von geradezu heftigen Freudensausbrüchen unterbrochen wurde.

»Öffnen Sie das Fenster«, sagte er, »denn wir kommen gleich zu den in Blüte stehenden Linden. Wir nähern uns schon der Chaussee«, fügte er nach einer Weile hinzu. Und etwas später bemerkte er wieder: »Nun werden Sie bald eine gepflegte, mit Kies bestreute Allee sehen und an ihrem Ende, von hohen Bäumen bewacht, ein schmuckes Gebäude mit einer Freitreppe aus blaugrauem Stein.«

Der diensthabende Arzt betrachtete ihn die ganze Zeit über neugierig und schwieg finster. Der Wagen hielt vor der Treppe.

»Warum steigen Sie nicht aus?« hörte er eine Stimme.

»Wir warteten auf die Wache, um ihn zu übergeben«, erwiderte der Fahrer.

Bald hörte man Schritte über den Kiesweg eilen, und hinter dem Auto tauchte ein brünetter Mann mit pockennarbigem Gesicht und militärischem Haarschnitt auf. Chirilă öffnete den Wagenschlag.
»Das ist der Mann, über den wir Sie informiert haben. Passen Sie auf, daß Sie ihn nicht mit irgendeinem anderen Patienten verwechseln. Von nun an sind Sie für ihn verantwortlich.«
»Kapiert«, sagte dieser. »Seien Sie unbesorgt. Ich werde ihn im Auge behalten.«
»Was er drinnen macht oder im Garten«, unterbrach ihn Chirilă, »geht Sie nichts an. Sie müssen nur aufs Tor achten . . .«

Das Zimmer gefiel ihm: Es war geräumig, die Fenster blickten auf den Park hinaus und es war, wie der Professor ihm versichert hatte, mit einem großen Tisch aus Holz und Bücherregalen an den Wänden ausgestattet. Er trat ans offene Fenster und atmete tief ein. Er glaubte, den Duft wilder Rosen zu spüren. Dennoch gelang es ihm nicht, sich zu freuen. Er lächelte, während er sich mit der Linken über die Wangen strich, hatte jedoch den Eindruck, alles, was ihm seit einiger Zeit widerfuhr, ginge ihn nicht *wirklich* an, betreffe etwas anderes, *einen anderen.*
»Versuchen Sie möglichst präzise und ausführlich zu beschreiben, was Sie damit meinen, wenn Sie sagen: *einen anderen*«, unterbrach ihn einmal der Professor. »In welcher Weise kommen Sie sich selber *fremd* vor? Haben Sie sich in Ihrer neuen Lage noch nicht zurechtgefunden? Das ist äußerst wichtig. Notieren Sie

alles, was Ihnen durch den Kopf geht. Wenn Sie keine Lust haben zu schreiben oder zuviel zu sagen haben, benutzen Sie dieses Aufnahmegerät. Geben Sie jedoch stets den Tag, die Stunde und den Ort der Aufnahme an und ob Sie im Bett liegend oder im Zimmer auf- und abgehend sprechen.«

In den letzten Tagen, im Krankenhaus, hatte er beinahe ein ganzes Heft vollgeschrieben. Er notierte alles mögliche: die Bücher, an die er sich erinnerte (wobei er den Verlag, das Erscheinungsjahr, das Jahr, da er sie zum erstenmal gelesen hatte, angab, um diese erstaunliche Wiedererlangung seines Gedächtnisses zu überprüfen), Verse in allen Sprachen, die er gelernt hatte, Algebraübungen, Träume, die ihm bedeutsam erschienen. Gewisse Entdeckungen, die er jüngst gemacht hatte, verschwieg er jedoch. Er spürte jenen unbegreiflichen Widerstand in sich aufkommen, den der Professor einmal erwähnt hatte. »Ich halte es für wichtig, daß wir die Ursache dieses Widerstandes herausfinden«, hatte der Professor ihm gesagt. »Versuchen Sie zumindest, es anzudeuten, damit wir wissen, ob das, was Sie *nicht* sagen *wollen* (*ich kann es nicht sagen!* hatte er den Professor in Gedanken unterbrochen), sich auf gewisse Begebenheiten in Ihrer Vergangenheit bezieht, oder ob es sich um etwas anderes handelt in Zusammenhang mit Ihrem neuen Zustand, über den wir, ich wiederhole es, immer noch herzlich wenig wissen . . .«

Er kehrte vom Fenster zurück, und nachdem er das Zimmer mehrmals durchmessen hatte, wobei er wie vor Zeiten in seiner Jugend, mit auf dem Rücken verschränkten Händen hin- und herspaziert war, streckte er sich im Bett aus und blieb zur Decke starrend mit offenen Augen liegen.

»Ich habe Ihnen das Familienalbum gebracht«, sagte ihm der Professor eines Morgens. »Das mit Ihren Fotos aus der Gymnasialzeit, von der Universität, aus Italien . . . Sind Sie nicht neugierig, es zu sehen?« fragte er nach einer Pause. »Ehrlich gesagt, nein . . .«

»Warum nicht? . . .«

»Ich weiß selber nicht, warum. Ich fühle mich allmählich losgelöst von meiner Vergangenheit. Als wäre ich nicht mehr derselbe . . .«

»Eigenartig«, sagte der Professor. »Es wäre wichtig, sich über die Ursache hierfür Klarheit zu verschaffen.«

Schließlich gab er nach und entschloß sich, das Album durchzublättern. Der Professor setzte sich neben ihn aufs Bett und sah ihn unentwegt an, ohne aus seiner Neugierde einen Hehl machen zu wollen.

»Woran denken Sie?« fragte er ihn unvermittelt nach einigen Minuten. »Was für Erinnerungen bedrängen Sie? Was für Assoziationen steigen in Ihnen auf?«

Matei zögerte und rieb sich mit der linken Handfläche das Gesicht. (Ich weiß, daß diese Geste ein Tick von mir geworden ist, hatte er mehrmals zugegeben.)

»Ich erinnere mich genau an das Jahr und den Ort, an dem jedes dieser Bilder aufgenommen worden ist. Ich könnte fast sagen, ich erinnere mich sogar an den Tag; ich glaube die Stimmen der Menschen zu hören, die damals um mich waren, und die Worte, die sie sprachen, glaube den besonderen Geruch jedes bestimmten Ortes und jedes Tages zu riechen . . . Sehen Sie zum Beispiel hier, wo ich mit Laura im Tivoli bin. Als ich das Foto erblickte, spürte ich die Wärme jenes Morgens und den Duft der Oleanderblüten, aber auch den beißenden, schweren Geruch des erhitzten Teers, und da fiel mir ein, daß sich etwa 10 Meter von der Stelle entfernt, an der wir fotografiert wurden, zwei große Kessel mit Teer befanden.«

»Das sind die typischen Begleiterscheinungen einer Hypermnesie«, sagte der Professor.

»Das ist entsetzlich«, fuhr Matei fort. »Es ist zuviel des Guten, und es ist überflüssig.«

»Es scheint tatsächlich überflüssig zu sein, weil wir noch nicht wissen, was wir mit diesen phantastischen Möglichkeiten des Gedächtnisses anfangen sollen ... Jedenfalls habe ich eine gute Nachricht für Sie«, fügte er lächelnd hinzu. »In wenigen Tagen werden Sie aus Ihrer Bibliothek in Piatra-Neamţ die Bücher erhalten, die Sie auf die erste Liste eintrugen, das heißt alle Sprachlehren und Wörterbücher, die Sie verlangt haben. Bernard ist begeistert; er meinte, einen besseren Test gäbe es gar nicht. Es interessierte ihn insbesondere die Tatsache, daß Sie in der Jugend Chinesisch zu studieren begonnen haben, dieses Studium zehn bis zwölf Jahre lang vernachlässigten, vor und während des Krieges wieder einen Anlauf nahmen und dann unvermittelt die Flinte ins Korn warfen. Wir haben da also mit mehreren Schichten Ihres Gedächtnisses zu tun. Wenn Sie sich Mühe geben werden, sich selber zu analysieren und alles aufmerksam zu notieren, werden wir sehen, welche dieser Schichten zuerst zum Leben erwachen wird ...«

Eine Zeitlang betrachteten sie einander, als warte jeder von ihnen, daß der andere losschieße.

»Und was hält man in Piatra von meinem Verschwinden?« fragte Matei unerwartet. »Ich bin nicht allzu neugierig, würde aber gern schon jetzt wissen, welche Chancen ich habe . . .«

»Was meinen Sie damit?« fiel der Professor ihm ins Wort.

Matei lächelte verlegen. Der Ausdruck war ihm, gleich nachdem er ihm entschlüpft war, abgeschmackt und unangebracht erschienen.

»Nun ja, die Chancen, das Leben fortzusetzen, das ich seit kurzem angetreten habe, ohne Gefahr zu laufen, daß man mir meinen früheren Lebenslauf aufzwingt . . .«

»Vorläufig kann ich mich da nicht festlegen. Ihre Freunde in Piatra glauben, Sie hätten das Gedächtnis verloren und befänden sich in irgendeinem Krankenhaus in der Moldau. Jemand hat sich erinnert, daß er Sie am Samstag vor Ostern am Bahnhof sah, weiß aber nicht, welchen Zug Sie bestiegen haben; der Mann hatte es eilig, nach Hause zu kommen . . .«

»Ich ahne ungefähr, wer mich am Bahnhof gesehen haben könnte«, flüsterte Matei.

»Um die Bücher zu beschaffen, die Sie verlangt haben, hat die Polizei eine Hausdurchsuchung inszeniert. Unter dem Vorwand, einige Legionäre hätten Ihre Abwesenheit dazu benützt, in Ihrer Bibliothek einen Unterschlupf zu finden, drang die Polizei in Ihr Haus ein . . .«

Er hielt versonnen inne, als zögerte er fortzufahren.

»Je mehr Zeit verstreicht, um so schwieriger wird es allerdings werden. Bald wird man auch in Piatra erfahren, was ganz Bukarest weiß, nämlich, daß ein unbekannter, älterer Mann vom Blitz getroffen wurde und nach zehn Wochen nicht bloß völlig genesen ist, sondern verjüngt aussieht . . . Hoffen wir, daß man nicht auch das übrige erfährt . . .«

Zwei Wochen zuvor war er, als er in den Garten hinunterstieg, einer jungen, ungewöhnlich schönen Frau begegnet, die ihr Aussehen jedoch aus ihm unverständlichen Gründen willkürlich zu verunstalten trachtete, indem sie sich übertrieben und ungeschickt schminkte, wodurch sie vulgär wirkte. Mit ihrem herausfordernden und zugleich keuschen Lächeln erinnerte die Unbekannte ihn an einen seiner letzten Träume. Daher verneigte er sich vor ihr und fragte sie:
»Sind wir einander nicht schon irgendwo begegnet?«
Die junge Frau erlitt einen schallenden Lachanfall. (›Schade, daß sie ebenso vulgär lacht wie sie sich schminkt‹, sprach er zu sich.)
»Sind Sie aber diskret«, sagte die Frau. »Natürlich haben wir uns schon getroffen, und sogar mehrere Male.« (Sie benahm sich, als stünde sie auf einer Bühne.)
»Wo und wann?«
Die junge Frau runzelte die Brauen und suchte wieder seinen Blick.
»Letztes Mal heute nacht auf Zimmer Nr. 6. Ihr Zimmer liegt daneben, auf Nr. 4«, fügte sie hinzu und ging fort.

Der Professor kam am selben Abend, um ihm das Heft zurückzugeben und die letzten Aufzeichnungen zu lesen. Er hörte ihm verlegen, ohne ein Lächeln zu und wich seinen Blicken aus.

»Ich dachte, Sie wüßten, worum es geht, und begreifen, wie soll ich mich nur ausdrücken, nun ja, die wissenschaftliche Motivation des Experimentes. Keine Analyse ist komplett ohne den Index der sexuellen Fähigkeit. Sie erinnern sich doch an die Frage, die Bernard Ihnen letztes Mal gestellt hat ...«

Er hätte lachen wollen, doch es gelang ihm bloß, mehrmals lächelnd zu nicken.

»Und ob ich mich erinnere! Ich wäre vor Scham am liebsten in die Erde versunken. Nackt auf dem Tisch ausgestreckt in Anwesenheit so vieler Ärzte und ausländischer Wissenschaftler ...«

»Ich hatte Sie gewarnt, daß es eine Art internationales Konzilium sein würde. Sie waren alle Ihretwegen gekommen; schenkten der Information, die ich in der *Presse médicale* veröffentlicht hatte, keinen Glauben.«

»Auf eine solche Frage war ich nicht gefaßt gewesen ... Besonders, da ich noch im Krankenhaus war und meine Potenz nicht unter Beweis stellen konnte.«

Der Professor lächelte und zuckte die Achseln.

»Indirekt hatte ich ja von den Krankenschwestern manches erfahren.«

»Von den Krankenschwestern?«

»Wir dachten, die Initiative wäre von Ihnen ausgegangen. Unter anderen Umständen wären der Patient und die betreffende Krankenschwester bestraft worden. Aber in Ihrem Fall haben wir nicht nur ein Auge zugedrückt, sondern waren über die Mitteilungen hoch erfreut. Nun ja, die näheren Umstände sind belanglos. Wichtig ist nur die Mitteilung ... Aber im Fall des Fräuleins von Nr. 6«, nahm er den Faden des Gesprächs nach einer Pause wieder auf, »handelt es sich auch noch um etwas anderes. Es ist besser, ich sage es Ihnen gleich jetzt, damit wir später keine Scherereien haben. Dieses Fräulein ist uns von der Sicherheitspolizei aufgedrängt worden ...«

»Von der Sicherheitspolizei?« wiederholte Matei ängstlich. »Aber warum denn?«

»Ich maße mir nicht an, allzuviel zu wissen, aber daß die Sicherheitspolizei an Ihrem Fall brennend interessiert ist, *steht fest*. Sie dürfte vermuten, daß wir ihr nicht reinen Wein eingeschenkt haben. Und im Grunde hat sie ja recht. Jedenfalls *glaubt* die Sicherheitspolizei nicht an Ihre Metamorphose. Sie ist überzeugt, das in der Stadt verbreitete Gerücht über den Blitz in der Nacht der Auferstehung, über Ihre Bewußtlosigkeit, Wiederherstellung und Verjüngung wäre eine Erfindung der Legionäre ... In der Tat wäre diese Legende nur ersonnen, um die Identität eines wichtigen Chefs der Legionäre zu verschleiern, um seine Flucht über die Grenze in die Wege zu leiten.«

Matei hatte ihm überrascht und dennoch erheitert zugehört.

»Dann ist ja meine Lage schlimmer, als ich mir vorgestellt habe«, sagte er. »Da ich aber vorläufig keine andere Lösung sehe ...«

»Kommt Zeit, kommt Rat, es wird sich schon eine

Lösung finden«, unterbrach ihn der Professor. »Übrigens, damit Sie es genau wissen, die Sicherheitspolizei hat gleich ein Auge auf Sie gelegt und überwacht Sie seither ständig. Deswegen hat man Ihnen ja auch einen Anzug verschafft, in dem Sie sich nicht auf die Straße wagen dürften, weil man Sie sofort verhaften würde. In dieser übrigens recht schicken Kittelbluse, der Kluft unserer Klinik, würden Sie erst recht nicht wagen, in der Stadt herumzulaufen. Außerdem würden Sie gar nicht zum Tor hinaus können, wenn Sie einen Spaziergang machen wollten. Das haben Sie ja von Anfang an begriffen ... Mehr kann ich Ihnen nicht sagen. Aber wer weiß, wie viele andere vom Dienstpersonal der Klinik noch Informanten der Sicherheitspolizei sind ...«
Matei lachte drauflos und fuhr sich mehrmals mit der linken Handfläche übers Gesicht.
»Im Grunde ist es vielleicht besser so. Es werden mir Überraschungen erspart ...«
Der Professor sah ihn groß an, als zögerte er fortzufahren. Dann gab er sich jedoch einen Ruck und sagte:
»Kehren wir zu einem wichtigeren Problem zurück. Sind Sie *sicher,* daß Sie sich an alle mit Ihnen durchgeführten sexuellen Experimente nur als erotische Träume erinnern?«
Mattei dachte eine Weile nach.
»Jetzt bin ich nicht mehr ganz sicher. Bis zum heutigen Abend war ich überzeugt, es handele sich um Träume ...«
»Ich frage Sie, weil Sie in dem Heft, das ich gelesen

habe, allerlei Träume notiert haben, in denen keine *manifesten* erotischen Elemente zu erkennen sind.«

»Vielleicht hätte ich auch die anderen aufzeichnen sollen, aber sie erschienen mir nicht bedeutsam ... Sollte ich jedenfalls die tatsächlichen Erfahrungen mit den erotischen Träumen verwechselt haben«, fuhr er nach kurzem Schweigen fort, »dann sind die Dinge komplizierter, als ich mir vorgestellt habe ...«

Mit einer kindlichen, lächerlichen Geste legte er seine Hand auf die Schläfe, als wollte er zeigen, daß er sich konzentriere.

»Ich höre Ihnen zu«, sagte der Professor nach einer geraumen Weile. »In welchem Sinne könnten sie noch komplizierter sein, als es den Anschein hat?«

Matei sah auf und lächelte verlegen.

»Ich weiß nicht, ob Sie in meinem Heft gewisse Andeutungen verstanden haben, aber seit einiger Zeit hatte ich den Eindruck – wie soll ich's nur ausdrükken? Ich hatte den Eindruck, während des Schlafens zu lernen; genauer gesagt, ich träumte, daß ich lerne, daß ich, zum Beispiel, eine Grammatik aufschlage, einige Seiten durchfliege und sie auswendig lerne, oder ein Buch durchblätttere ...«

»Höchst interessant«, sagte der Professor. »Aber ich glaube nicht, daß Sie all das deutlich genug in das Heft eingetragen haben, das Sie mir zu lesen gaben.«

»Ich wußte nicht, wie ich es beschreiben sollte; es waren Serienträume, in gewissem Sinne didaktische Träume, ich setzte anscheinend das tagsüber Gelesene fort. Ich glaubte sogar Vokabeln, grammatikalische Regeln und Etymologien zu träumen, weil ich eine

Leidenschaft für derlei Dinge hatte ... Jetzt aber frage ich mich, ob ich nicht des Nachts erwachte und in mehr oder weniger schlafwandlerischem Zustand meine Arbeit fortsetzte ...«

Der Professor betrachtete ihn die ganze Zeit aufmerksam und runzelte leicht die Brauen, ein Zeichen, daß er, wie Matei bereits früher einmal bemerkt hatte, verlockt war, mehrere Fragen auf einmal zu stellen.

»Jedenfalls scheinen Sie nicht müde zu sein«, sagte er. »Sie sehen nicht wie ein Intellektueller aus, der die halbe Nacht über seinen Büchern verbringt ... Und wenn dem so wäre, wie kommt es, daß niemand bis spät nachts in Ihrem Zimmer Licht bemerkt hat?«

Er stand vom Sessel auf und reichte ihm die Hand.

»Paradox erscheint mir die Tatsache, daß dieses Zögern, genauer gesagt diese Verwechslung von traumhaften Erfahrungen und Wachzustand sich parallel zu Ihre Hypermnesie entwickelt hat ... Was Sie mir damals über den Duft der Oleanderblüten und dem Teergeruch erzählten, den Sie gespürt haben, als Sie die vor 40 Jahren aufgenommenen Bilder anschauten ...«

»Aber jetzt bin ich nicht einmal sicher, daß es sich um eine Hypermnesie handelt«, rief er aus. »Ich bin völlig verunsichert!«

Nachdem er allein geblieben war, überraschte er sich beim Gedanken: ›Sehr gut, daß du gesagt hast: Ich bin völlig verunsichert! ... Auf diese Weise kannst du jederzeit Rückzug blasen. Kannst jederzeit erklären: Ich habe geträumt! Oder das Gegenteil behaupten, wenn es dir so paßt ... Aber sei auf der Hut! Sag nie die ganze *Wahrheit*!‹ Er wandte den Kopf und sah sich erstaunt um. Nach einer Weile sprach er, als richte er seine Worte an jemanden, der neben ihm stand und dennoch unsichtbar war: »Aber selbst wenn ich es sagen wollte, *kann ich es nicht!* Ich weiß nicht weshalb«, fügte er, die Stimme noch mehr senkend, hinzu, »aber ich bringe es nicht über mich, gewisse Dinge zu sagen . . .«

In jener Nacht kämpfte er lange Zeit gegen Schlaflosigkeit an. (Es war das erste Mal, seitdem er Piatra-Neamţ verlassen hatte, daß er an Schlaflosigkeit litt, und die Tatsache irritierte ihn. Er hatte fast ein Leben lang an Schlaflosigkeit gelitten und glaubte in letzter Zeit, geheilt davon zu sein.) Wie gewöhnlich dachte er an die rätselhafte Wiederherstellung seines Gedächtnisses. Eigentlich war er sich längst darüber im klaren, daß es sich nicht um eine Wiederherstellung handelte, weil sein Gedächtnis unendlich besser und präziser funktionierte als je zuvor. Das Gedächtnis eines Mandarins, wie es nach den Worten Chavannes jeder Sinologe haben müßte. Er kam allmählich zur Überzeugung, daß es mehr als das war: eine höchst seltsame Hypermnesie. Noch ehe man ihm die Sprachlehren und das Wörterbuch aus Piatra-Neamţ gebracht hatte, sprach er plötzlich eines schönen Tages chinesische Texte vor sich hin, führte sich die Schriftzüge vor Augen und übersetzte alles fortlaufend. Einige Tage hintereinander verifizierte er das graphische Bild, die Aussprache und die Übersetzung, indem er mit fieberhaftem Eifer die Anthologie und das Wörterbuch von

Giles durchblätterte. Er hatte keinen Fehler gemacht. Ins Heft hatte er nur wenige Zeilen geschrieben. Bernard würde enttäuscht sein; es war Matei unmöglich zu präzisieren, welche Schicht seines Gedächtnisses zuerst zum Vorschein getreten war. Plötzlich war er sich dessen gewahr, daß er Chinesisch beherrschte wie nie zuvor. Nun konnte er das Buch an jeder beliebigen Seite aufschlagen, er las und verstand jede Stelle mit der gleichen Leichtigkeit wie einen lateinischen oder altitalienischen Text. Es war eine sehr warme Nacht, und das Fenster zum Park war offengeblieben. Es schien ihm, er höre Schritte. Ohne das Licht anzuzünden, stieg er aus dem Bett und trat ans Fenster. Er sah den Wachtposten und begriff, daß auch der ihn erblickt hatte.

»Schlafen Sie denn nicht?« fragte er ihn, so leise er konnte, um seine Nachbarn nicht zu wecken.

Der Mann zuckte die Achseln, schritt dann auf den Park zu und verschwand im Dunkeln. ›Würde ich ihn morgen daran ermahnen‹, sagte er sich, ›er würde mir vermutlich antworten, ich hätte geträumt. Und dennoch bin ich *sicher,* daß ich diesmal nicht geträumt habe . . .‹ Er kehrte ins Bett zurück, schloß die Augen und sagte sich wie vor Zeiten, als er an Schlaflosigkeit litt: ›In drei Minuten wirst du einschlafen! . . . Du mußt einschlafen, denn im Schlaf lernst du am besten. Wirst didaktische Träume haben, wie du es heute abend dem Professor sagtest, wirst eine Reihe von didaktischen Träumen haben. Nicht im Zusammenhang mit Chinesisch, etwas anderes, Wichtigeres, etwas anderes . . .‹ Er hörte sich gerne selber zu, wenn er so laut vor sich hin überlegte, aber diesmal war er von einer ihm unbegreiflichen inneren Unruhe erfaßt und flüsterte sich drohend zu: ›Jetzt zählst du bis 20, wenn du bis dahin nicht einschläfst, steigst du 'runter in den Park und gehst spazieren!‹ Aber er brauchte nur bis sieben zu zählen.

Einige Tage später fragte ihn der Professor, ohne seine Augen vom zweiten Heft aufzuheben, das Matei ihm gerade anvertraut hatte:
»Erinnern Sie sich vielleicht, daß Sie eines Nachts zum Fenster hinausgestiegen und bis hinten in den Garten gegangen sind, dorthin wo die Rosenrondelle sind?«
Matei spürte, wie er errötete und wurde verlegen.
»Nein. Ich erinnere mich aber, daß es mir nicht gelingen wollte, einzuschlafen und ich mir plötzlich gesagt habe: ›Ich zähle jetzt bis 20, und wenn es mir bis dahin nicht gelingt einzuschlafen, steige ich 'runter und gehe im Park spazieren!‹ Was nachher geschah, weiß ich nicht, vermutlich bin ich gleich eingeschlafen ...«
Der Professor sah ihn an und lächelte mysteriös.
»Sie sind keineswegs gleich eingeschlafen, weil Sie sich ziemlich lange unten bei den Rosen aufgehalten haben.«
»Dann bin ich ja ein Schlafwandler!« rief Matei aus. »Das passiert mir zum erstenmal im Leben.«
Der Professor stand unvermittelt auf, trat zum Fenster, blieb eine Weile dort und starrte vor sich hin. Dann kehrte er zurück und setzte sich ins Fauteuil.
»Das glaube ich auch. Aber die Dinge verhalten sich gar nicht so einfach. Als die Wache Alarm schlug,

liefen zwei Dienstleute, vermutlich Sicherheitsagenten auf die Straße hinaus. Daß die Wache Sie bereits entdeckt hatte, wußten die beiden ja nicht, und da sahen sie einen Wagen mit ausgeschalteten Scheinwerfern auf der Straße warten, genau vor dem Rosenrondell, an dem Sie sich befanden. Natürlich hat das Auto sich auf und davon gemacht, ehe die beiden sich sein Kennzeichen notieren konnten.«

Matei strich sich mehrmals mit der Hand über die Stirn. »Wenn Sie es nicht wären . . .« setzte er zum Sprechen an.

»Ich weiß, es klingt unglaubwürdig«, fuhr ihm der Professor ins Wort. »Dennoch gibt es drei Zeugen, einfache, aber vertrauenswürdige Menschen und vor allem Leute mit einer gewissen Erfahrung . . .«

»Und was haben sie mit mir getan? Haben sie mich Huckepack genommen und aufs Zimmer zurückgetragen?«

»Nein. Im Garten war nur die Wache. Der Mann erklärt, Sie hätten selber kehrt gemacht, sobald Sie ihn erblickt hätten . . . Sie wären durchs Fenster herein, ebenso wie Sie hinausgestiegen waren . . . Ob Sie ein Schlafwandler sind oder nicht, ist unwichtig. Schlimm ist nur der Verdacht, den die Sicherheitspolizei nun hegt, jemand würde Ihre Flucht in die Wege leiten. Die Tatsache, daß Sie gerade dort ertappt wurden, wo auf der Straße das Auto wartete, beweist in deren Augen, daß Sie Bescheid wußten und einverstanden waren . . . Wir mußten uns sehr bemühen und an hohen Stellen intervenieren, damit man Sie nicht verhaftet«, fügte er hinzu.

»Ich danke Ihnen«, sagte Matei verwirrt und wischte sich den Schweiß von der Stirn.
»Vorläufig haben sie nur strengere Maßnahmen bezüglich Ihrer Bewachung ergriffen. Die Straße ist während der Nacht ständig von einer Patrouille überwacht; ein Geheimagent wird sich dauernd vor Ihrem Fenster zu schaffen machen – wie er es übrigens auch jetzt tut«, fügte er, die Stimme senkend, hinzu – »und nachts wird der Wachtposten im Flur vor Ihrer Tür auf einem Feldbett schlafen.«
Er erhob sich aus dem Fauteuil und begann auf- und abzugehen, wobei er das Heft mit Mateis Aufzeichnungen bald in die eine, bald in die andere Hand nahm. Dann blieb er unvermittelt vor Matei stehen und blickte ihm tief in die Augen.
»Wie erklären Sie sich eigentlich diese Kette von Übereinstimmungen: Sie haben, wie Sie mir gestanden, nach langer Zeit zum erstenmal an Schlaflosigkeit gelitten und sind zum erstenmal in Ihrem Leben Schlafwandler geworden; in diesem Zustand haben Sie sich *justament* zum Rosenrondell begeben, wo jenseits der Mauer ein Wagen mit abgeschalteten Scheinwerfern auf Sie wartete . . . Ein Wagen, der gleich verschwand, als Alarm gegeben wurde«, fügte er kurz darauf hinzu . . . »Wie erklären Sie das alles?«
Matei zuckte die Achseln.
»Ich begreife das alles nicht . . . Bis vorige Woche fiel es mir schwer zuzugeben, daß ich manche Träume *tatsächlich* mit meinem Wachzustand verwechselt hatte. Aber nach gewissen Augenfälligkeiten mußte ich mich eines Besseren belehren lassen. Daß ich in

schlafwandlerischem Zustand durch den Garten gegangen bin, gerade zu der Stelle, wo ein Auto auf mich wartete ... das alles ...«

Der Professor öffnete seine fast volle Aktenmappe und steckte behutsam das Heft mit Mateis Aufzeichnungen zwischen allerlei Fachzeitschriften und Broschüren.

»Würde ich Sie nicht von Ihren Familienalben her kennen, hätte ich nicht ihre Fotografien zwischen dem 30. und 60. Lebensjahr gesehen, wäre ich bereit, der Hypothese der Sicherheitspolizei glatt beizustimmen und würde auch glauben, daß Sie der Mann sind, für den die Sicherheitspolizei Sie hält ...«

»Warum regst du dich auf?« sagte er sich, gleich nachdem er das Licht abgedreht hatte. »Alles verläuft doch normal. Es mußte so kommen: Daß man dich mit anderen verwechselt, daß man glaubt, du könntest nicht mehr Traum von Wirklichkeit unterscheiden und andere ähnliche Mißverständnisse. Eine bessere Tarnung konntest du gar nicht finden. Wirst dich schließlich überzeugen, daß du in keinerlei Gefahr schwebst, daß man Sorge dafür trägt ...«

Er stockte und flüsterte nach einer kurzen Pause: »Sorge wofür?« Er wartete eine Weile und fragte sich dann plötzlich in einem Ton, der ihm fremd klang: »Dachtest wohl, alles, was dir zugestoßen ist, wäre Zufall gewesen? Es kommt nicht darauf an, was ich mir denke oder nicht denke«, beantwortete er selber gereizt seine Frage. »Wer macht sich meinetwegen Gedanken?« Wieder wartete er eine Weile beklommen. Dann sagte er sich: »Das wirst du später erfahren. Das ist jetzt belanglos . . . Übrigens hast du etwas erraten, hast es längst erraten, wagst nur nicht, es zuzugeben. Warum verschweigst du dem Professor *gewisse Gedanken* und erwähnst sie auch nicht im Heft? Weißt du nicht, daß es noch etwas anderes gibt? Warum spielst du nie auf die Entdeckungen an, die du in den letzten zwei Wochen gemacht hast? Doch ich will auf meine Frage zurückkommen«, versuchte er, seinen Gedanken zu unterbinden. Er wartete eine Weile, und als er die Antwort parat zu haben glaubte, schlief er ein.

›Es ist besser, wir unterhalten uns im Traum‹, hörte er eine innere Stimme. ›Im Schlaf erfaßt du alles besser und schneller. Du sagtest dem Professor, daß du die Kenntnisse, die du am Tag erwirbst, während des Schlafes verarbeitest und vertiefst. Im Grunde hast du dich aber längst überzeugt, daß dies nicht immer stimmt. Hast letztens nichts hinzugelernt, weder in wachem Zustand noch im Schlaf. Du hast Chinesisch allmählich erlernt, und wirst später draufkommen, daß du auch noch andere Sprachen beherrschst, die dich interessieren. Du wagst es nur nicht zu glauben, daß du dich jetzt plötzlich an alles erinnerst, was du in der Jugend gelernt und späterhin vergessen hast. Denk nur an die albanische Grammatik . . .‹

Die Erinnerung daran versetzte ihm einen solchen Schock, daß er erwachte und das Licht anknipste. Er konnte es nicht glauben, und glaubte es auch jetzt noch nicht, eine Woche nachdem er die Entdeckung gemacht hatte. Er wußte, daß er nie Albanisch gelernt hatte. Er hatte die Grammatik von G. Meyer vor etwa 20 Jahren gekauft, hatte jedoch nur das Vorwort drin gelesen. Seither hatte er sie nicht mehr zur Hand genommen. Und dennoch: Als er eins der Bücherpakete öffnete, die man ihm aus Piatra kommen ließ, und diese Grammatik erblickte, schlug er sie aufs Geratewohl, fast gegen Ende auf, fing zu lesen an und stellte erfreut und zugleich erschreckt fest, daß ihm alles geläufig war. Er suchte die Übersetzung des Abschnittes und überzeugte sich, daß er keinen Fehler gemacht hatte . . . Darauf stieg er aus dem Bett und ging zum Bücherschrank. Er wollte überprüfen, ob er auch wirklich alles richtig verstanden hatte. Da hörte er eine ihm unbekannte Stimme von draußen, unter dem offenen Fenster:

»Warum schlafen Sie nicht?«

Er kehrte ins Bett zurück, schloß wütend die Augen, preßte die Lider zu und sprach mehrmals im Flüsterton vor sich hin: »Ich darf nicht mehr daran denken! Ich darf an nichts mehr denken! . . .«

›Das sage ich dir ja, seitdem du im Krankenhaus bist‹, hörte er sein anderes Ich.

Er glaubte allmählich zu begreifen, was mit ihm geschehen war. Die ungeheuer starke Konzentration von Elektrizität, die über seinem Haupte explodiert war und ihn durchzuckt hatte, regenerierte seinen ganzen Organismus und steigerte seine geistigen Fähigkeiten in einer Weise, die an Wunder grenzte. Diese elektrische Entladung ermöglichte jedoch gleichzeitig das Inerscheinungtreten einer neuen Persönlichkeit, einer Art von »Double«, einer Person, die er besonders während des Schlafens sprechen hörte, mit der er sich manchmal freundschaftlich unterhielt, deren Meinung er jedoch nicht immer teilte. Diese neue Persönlichkeit bildete sich vermutlich während seiner Rekonvaleszenz aus den tiefsten Schichten seines Unbewußten allmählich heraus. Sooft er sich diese Erklärung wiederholte, überlegte er in Gedanken: ›Es stimmt schon! Die Bezeichnung »Double« ist ganz richtig. Beeile dich jedoch nicht, den Professor davon in Kenntnis zu setzen . . .‹

Amüsiert und zugleich irritiert, fragte er sich, warum er sich stets zu solcher Vorsicht ermahnte, da er sich ja längst entschlossen hatte, dieses heikle Thema nicht anzuschneiden. (Übrigens stand der Entschluß gar nicht zur Frage, denn er wußte, daß er *nicht* anders handeln *konnte.*) Die Gespräche mit dem Professor kreisten vorwiegend um die Hypermnesie und seine progressive Loslösung von der Vergangenheit.

»Wir könnten Ihnen Ihre Manuskripte und die Mappen mit Ihren Notizen bringen«, hatte er ihm vor kurzem vorgeschlagen. »Bei den Möglichkeiten, die Ihnen jetzt zur Verfügung stehen, könnten Sie Ihre Arbeit in einigen Monaten abschließen . . .«

»Nein! Nein!« hatte er, die Arme hochwerfend und fast von Panik ergriffen, ausgerufen. »Die Arbeit interessiert mich nicht mehr! . . .«

Der Professor sah ihn überrascht und irgendwie enttäuscht an.

»Es ist immerhin ihr Lebenswerk . . .«

»Ich müßte es von der ersten bis zur letzten Seite umschreiben, und das lohnt sich, glaube ich, nicht . . .

Sie wird wohl schon das bleiben müssen, was sie bisher war: ein *opus imperfectum.* Aber ich möchte Sie etwas fragen«, fuhr er fort, als wollte er das Gesprächsthema möglichst schnell ändern. »Ich fürchte allerdings, meine Frage könnte Ihnen indiskret erscheinen. Was ist vorige Woche mit mir geschehen? Was haben der Wachtposten und alle anderen berichtet?«
Der Professor stand vom Fauteuil auf und ging zum Fenster. Nach einer Weile kam er in Gedanken verloren wieder zurück.
»Sie verstehen es, notfalls zu verduften, tun aber alle ihre Pflicht«, sagte er. »Sie haben nichts Sensationelles berichtet, bloß daß Sie mehrmals des Nachts das Licht anzünden; Sie knipsen es an und löschen es geschwind, nach wenigen Minuten wieder aus . . . So hat man mir zumindest gesagt. Aber ich vermute, daß sie mir nicht alles sagen«, fügte er, die Stimme senkend, hinzu. »Ich vermute, sie haben etwas herausbekommen, etwas ziemlich Wichtiges oder sind auf dem besten Weg, etwas zu entdecken . . .«
»In Zusammenhang mit mir?« fragte Matei und hatte Mühe, seiner Erregung Herr zu werden.
Der Professor zögerte eine Weile, stand dann unvermittelt auf und trat wieder ans Fenster.
»Ich weiß nicht«, sagte er schließlich. »Vielleicht ist es *nicht nur* im Zusammenhang mit Ihnen . . .«

Am Morgen des 3. August suchte der Professor ihn unerwartet auf.
»Ich weiß nicht, ob wir uns darüber freuen sollen oder nicht. Sie sind jedenfalls in den Vereinigten Staaten zu

einer Berühmtheit aufgerückt. Eine Illustrierte hat unter dem Titel ›Wie ich vom Blitz getroffen wurde‹ ein natürlich fiktives Interview mit Ihnen veröffentlicht. Der Artikel hat Aufsehen erregt und wurde überall reproduziert und übersetzt. Von der Presseleitung erhielt ich die Verständigung, daß gestern abend zwei Korrespondenten eingetroffen sind, die für angesehene amerikanische Zeitungen Bericht erstatten und Sie unbedingt sprechen wollen. Man sagte ihnen, die Ärzte wären momentan gegen jeden Besuch . . . Aber wie lange werden wir uns noch verstecken können? Höchstwahrscheinlich haben die Zeitungsleute zu dieser Stunde bereits ihre Untersuchungen eingeleitet. Die diensthabenden Ärzte und die Krankenschwestern werden nicht dichthalten, sie werden ihnen noch mehr erzählen, als sie wissen. Und es werden sich auch Informanten von hier finden«, setzte er, die Stimme leicht senkend, hinzu. »In bezug auf Fotos mache ich mir eh keine Illusionen. Sie sind bestimmt unzählige Male geknipst worden, während Sie im Park spazierengingen, am Fenster standen, vielleicht sogar als Sie im Bett ausgestreckt lagen . . . Aber die Nachricht scheint Sie ja gar nicht so sehr zu beeindrucken, wie ich sehe«, fügte er hinzu, nachdem er ihn lange betrachtet hatte. »Sie hüllen sich in Schweigen . . .«
»Ich wartete auf die Fortsetzung.«
Der Professor zuckte die Achseln und lächelte bitter.
»Sie haben es nicht gemerkt, aber ich bin ziemlich nervös . . . Doch kommen wir auf Ihren Fall zurück. Es haben sich, besonders in den zwei Wochen, da ich gefehlt habe, allerlei Komplikationen ergeben.«

»Meinetwegen?« fragte Matei.
»Weder Ihretwegen noch meinetwegen ... Sie sind fast die ganze Zeit über hier im Zimmer geblieben. (Ich weiß es, weil ich fast täglich anrief ...) Und was mich anbelangt, habe ich in den zwei Wochen, die ich in Predeal verbrachte, Ihren Fall bloß mit einigen Kollegen diskutiert, auf deren Verschwiegenheit ich mich verlassen kann ... Aber es ist etwas anderes geschehen«, fuhr er fort, indem er sich wieder vom Fauteuil erhob. »Zunächst ist das Fräulein von Zimmer Nr. 6, die Agentin, die uns von der Sicherheitspolizei aufgezwungen wurde, vor etwa zehn Tagen verschwunden. Die Sicherheitspolizei vermutete längst, daß sie eine Doppelagentin sei, ahnte aber nicht, daß sie im Dienste der Gestapo stand ...«
»Merkwürdig«, flüsterte Matei. »Und wie hat man das so rasch erfahren?«
»Weil das Netz aufgedeckt wurde, zu dem sie gehörte, und die drei Agenten verhaftet wurden, die einige Nächte hindurch im Auto mit den abgeschalteten Scheinwerfern auf Sie warteten. Die Sicherheitspolizei hatte richtig geraten: Sie sollten entführt und über die Grenze nach Deutschland gebracht werden. Getäuscht hatte sie sich nur im Hinblick auf die Identität der Person, denn es handelte sich nicht um einen führenden Legionär sondern um Sie.«
»Aber weshalb?« fragte Matei schmunzelnd.
Der Professor trat ans Fenster, kehrte jedoch unvermittelt zurück und blickte ihn neugierig an, als warte er, daß Matei noch etwas hinzufüge.
»Weil Sie nach allem, was Ihnen widerfahren ist, so aus-

sehen, wie Sie eben aussehen. Allzu große Illusionen habe ich mir übrigens nie gemacht«, fuhr er fort, indem er zwischen Tür und Fenster auf- und abging.

»Ich wußte, daß man es eines schönen Tages erfahren würde. Deswegen habe ich auch mehrmals die *Presse médicale* informiert. Wenn schon etwas durchsickerte, sollte man es aus direkter Quelle erfahren. Natürlich habe ich nicht alles gesagt; ich habe mich darauf beschränkt, über die Phasen Ihrer physischen und geistigen Wiederherstellung zu berichten, habe einmal bloß eine einzige und auch die recht vage Anspielung auf Ihre Regenerierung und Verjüngung gemacht, aber über Ihre Hypermnesie habe ich nichts verlauten lassen ... Aber es ist alles bekannt geworden, Ihr phänomenales Gedächtnis, die Tatsache, daß Sie sich an alle Sprachen, die Sie in Ihrer Jugend gelernt haben, erinnern. Somit sind Sie zum wertvollsten menschlichen Exemplar aufgestiegen, das es heute auf dem ganzen Erdenrund gibt. Alle Medizinfakultäten der Welt möchten Sie wenigstens zeitweilig zu deren Verfügung haben ...«

»Wohl als eine Art Versuchskaninchen?« fragte Matei schmunzelnd.

»In gewissen Fällen, ja: als Versuchskaninchen. Nach den Informationen, die das Fräulein von Nr. 6 der Gestapo übermittelt hat, ist es nur allzu begreiflich, daß diese Sie um jeden Preis entführen will ...«

Er versank eine Weile in Gedanken und strahlte dann übers ganze Gesicht.

»Das Fräulein hat Ihnen ja Gesellschaft geleistet, eine Nacht oder mehrere ...«

»Ich fürchte, es werden mehrere gewesen sein«, bekannte Matei errötend.

»Unsere Sicherheitspolizei hat die Intelligenz Ihres Bettschatzes unterschätzt. Die Genossin hat sich nicht damit begnügt, Ihre Potenz zu verifizieren und Sie, Ihren schlafwandlerischen Zustand ausnützend, nach Ihrer Identität auszuholen. Sie ging mit wissenschaftlicher Akribie vor, nahm alle Gespräche, oder besser gesagt Ihre langen Monologe mit einem winzigen Abhörgerät auf und übergab das gesammelte Material der Sicherheitspolizei. Es entging ihr auch nicht, daß Sie, zum Beispiel Gedichte in sehr vielen Sprachen aufsagten und Fragen, die sie Ihnen in deutscher, dann in russischer Sprache stellte, ohne jede Schwierigkeit in der betreffenden Sprache beantworteten. Als Sie später die Bücher erhielten, legte die Frau eine Liste aller Sprachlehren und Wörterbücher an, die Sie konsultierten. Vorsichtshalber bewahrte sie alle diese Informationen für ihre Vorgesetzten in Deutschland auf. Vermutlich hat jemand, der in der Gestapo eine ganz hohe Stellung bekleidete, Ihre Entführung beschlossen, nachdem er die auf Draht aufgenommenen Gespräche gehört hat ...«

»Ich begreife«, sagte Matei und rieb sich die Stirn.

Der Professor blieb am offenen Fenster stehen und sah lange in den Tag hinaus.

»Natürlich hat man die Wache verzehnfacht«, sprach er schließlich. »Sie dürfen es nicht bemerkt haben, aber seit einigen Tagen wurden viele Ihrer Nachbarzimmer mit Agenten belegt. Wie die Straße bewacht wird, können Sie sich denken ... Und dennoch«, nahm er nach einer Pause den Faden des Gesprächs wieder auf, »wird man Sie bald von hier evakuieren.«

»Schade!« sagte Matei. »Ich hatte mich hier eingewöhnt, und es gefiel mir.«

»Man legte mir nahe, Ihre Verwandlung gleich in Angriff zu nehmen. Fürs erste lassen Sie sich einen Schnurrbart wachsen, einen möglichst dichten und ungepflegten. Man will versuchen, Ihr Aussehen zu verändern, natürlich ohne chirurgischen Eingriff. Ich stelle mir vor, daß man Ihnen das Haar färben und die Frisur ändern wird, damit man Sie auf den Fotografien, die man in den letzten Wochen sicherlich von Ihnen gemacht hat, nicht wiedererkennt. Man versicherte mir, ich könnte Ihnen ruhig 10 bis 15 Jahre zugeben. Beim Verlassen der Klinik würden Sie wie ein guter Vierziger aussehen . . .«

Er hielt erschöpft im Sprechen inne und setzte sich ins Fauteuil.

»Zum Glück haben sich Ihre schlafwandlerischen Zustände, oder was immer es gewesen sein mag, nicht mehr wiederholt. So wurde mir zumindest gesagt . . .«

Es kündigte sich ein heißer Tag an. Matei zog die Kittelbluse aus und schlüpfte in den leichtesten Schlafanzug, den er im Schrank fand. Dann legte er sich ins Bett. ›Freilich bist du kein Schlafwandler‹, hörte er eine innere Stimme sagen. ›Das weißt du genau. Du hast dich so aufgeführt, um die Leute zu verwirren. Aber von nun an wird das alles nicht mehr nötig sein . . .‹

»Mein zweites Ich«, flüsterte er schmunzelnd. »Sobald

ich eine Frage stellen will, hat es gleich eine Antwort parat. Wie ein wahrer Schutzengel . . .«

›Man kann es auch so ausdrücken.‹

»Gibt es auch noch andere, so nützliche und zutreffende Bezeichnungen?« fragte er.

›Viele. Manche von ihnen sind heute bereits überholt und außer Gebrauch, andere noch aktuell genug, besonders da, wo die Theologie und die christliche Praxis die uralten mythologischen Überlieferungen zu bewahren wußte.‹

»Zum Beispiel?« fragte er mit einem amüsierten Lächeln.

›Zum Beispiel, neben Engeln und Schutzengeln auch Erzengel, Seraphine, Cherubine und andere übersinnliche Kräfte. Wesen, die alle Mittler sind.‹

»Mittler zwischen dem Bewußtsein und dem Unbewußten.«

›Natürlich. Aber auch zwischen Natur und Mensch, zwischen dem Menschen und dem Göttlichen, zwischen Ratio und Eros, Männlichem und Weiblichem, Dunkel und Licht, Materie und Geist . . .‹

Er fing plötzlich zu lachen an und richtete sich auf. Eine Weile blickte er aufmerksam um sich, dann flüsterte er, die Worte langsam aussprechend: »Wir kommen also zu meiner alten Leidenschaft: der Philosophie. Wird es uns je gelingen, die Realität der äußeren Welt *logisch* zu demonstrieren? Die idealistische Metaphysik erscheint mir auch heute noch der einzige vollkommen kohärente Aufbau . . .«

›Wir sind vom Thema abgewichen‹, sprach wieder sein anderes Ich. ›Es ging nicht um die Realität der äußeren

Welt, sondern um die objektive Realität des ›Doubles‹ oder des Schutzengels, die Bezeichnung steht dir zur Wahl. Habe ich nicht recht?‹

»Stimmt. Ich kann nicht an die objektive Realität der Person glauben, mit der ich spreche, ich betrachte sie als mein ›Double‹.«

›In gewissem Sinne ist sie es auch. Das bedeutet jedoch nicht, daß sie nicht objektiv existiert, unabhängig vom Bewußtsein, als dessen Projektion sie sich erweist . . .‹

»Ich würde mich gerne überzeugen lassen, aber . . .«

›Ich weiß, bei den metaphysischen Kontroversen zählen empirische Beweise kaum. Doch würdest du nicht gern, gleich jetzt, in den nächsten zwei Augenblicken, einige frisch gepflückte Rosen aus dem Garten bekommen wollen?‹

»Rosen!« rief er erregt und bange aus. »Rosen habe ich immer schon geliebt . . .«

›Doch wo willst du sie hintun? Auf keinen Fall ins Glas . . .‹

»Nein«, erwiderte er, »auf keinen Fall ins Glas. Aber eine Rose in der Rechten, sowie ich sie jetzt offenhalte, und eine andere auf den Knien, und die dritte, sagen wir . . .«

Da wurde er plötzlich gewahr, daß er zwischen seinen Fingern eine überaus schöne, blutrote Rose hielt. Auf seinen Knien wippte eine zweite und rang um ihr Gleichgewicht.

›Und die dritte?‹ überlegte er. ›Wo soll ich die dritte Rose hintun? . . .‹

»Die Lage hat sich zugespitzt, sie ist ernster, als wir geahnt hatten«, hörte Matei den Professor sagen. Seine

Stimme schien durch einen dicken Vorhang oder von sehr weit her zu ihm zu dringen. Und dennoch saß der Professor vor ihm im Fauteuil, die Aktenmappe auf den Knien.

»Sie hat sich zugespitzt?« wiederholte Matei wie geistesabwesend.

Der Professor erhob sich, trat auf ihn zu und legte ihm die Hand auf die Stirn.

»Fühlen Sie sich nicht wohl?« fragte er ihn. »Hatten Sie etwa eine schlechte Nacht?«

»Nein, nein. Aber gerade in dem Augenblick, als Sie eintraten, hatte ich den Eindruck . . . Nun ja . . .«

»Ich muß dringend eine wichtige Angelegenheit mit Ihnen besprechen«, fuhr der Professor fort. »Können Sie bei der Sache bleiben und mir folgen?«

Matei fuhr sich langsam mit der Hand über die Stirn und gab sich Mühe zu lächeln.

»Ich bin ganz Ohr, bin neugierig, was Sie mir zu sagen haben.«

Der Professor setzte sich wieder ins Fauteuil.

»Ich betonte, die Lage sei ernster, als wir vermutet hatten, weil wir jetzt genau wissen, daß die Gestapo nichts unversucht lassen wird – *aber auch gar nichts*, wiederholte er, die Worte unterstreichend –, um Hand auf Sie zu legen. Sie werden gleich begreifen warum. Zu Görings engerem Freundeskreis gehört eine mysteriöse und zweideutige Gestalt namens Dr. Rudolf. Dieser Doktor hat vor einigen Jahren eine auf den ersten Blick höchst phantastisch anmutende Theorie entwickelt, der man jedoch einen gewissen wissenschaftlichen Anstrich nicht absprechen kann. Er vertritt die Ansicht, daß ein durch einen Strom von mindestens eine Million Volt durchgeführter elektrischer Schlag eine radikale Veränderung der menschlichen Spezies bewirken kann. Ein Mensch, der einer solchen elektrischen Entladung ausgesetzt wird, soll nicht bloß nicht getötet, sondern vollkommen regeneriert werden. Wie es bei Ihnen der Fall gewesen ist«, fügte er hinzu. »Zum Glück oder leider Gottes kann diese Hypothese nicht experimentell verifiziert werden. Dr. Rudolf bekennt, daß er die Stärke des für die Mutation erforderlichen elektrischen Stromes nicht genau angeben kann; er behauptet bloß, daß es mehr als eine Million Volt sein müßten, vielleicht sogar zwei Millionen ... Begreifen Sie nun, warum die Gestapo sich so sehr für Ihren Fall interessiert?«

»Ich begreife«, wiederholte Matei wie geistesabwesend.

»Alle Informationen, die sie über Sie erhalten hat, und es waren ihrer nicht wenige, bestätigen Dr. Rudolfs These. Einige Leute aus Görings Umkreis sind begeistert. Sie intervenierten auch auf diplomatischem Wege, im Namen der Wissenschaft, zum Wohle der Menschheit usw. usf. Mehrere Universitäten und wissenschaftliche Institute haben uns zu einer Vortragsreihe eingeladen, mich, Sie, Dr. Gavrilă und wen wir sonst noch mitbringen wollen; mit einem Wort: sie wollen, daß wir Sie ihnen für eine Zeitlang überlassen. Und weil wir Sie nicht so gern herausgeben, hat die Gestapo sich eingeschaltet ...«

Er stockte, als ringe er um Atem. Zum erstenmal schien er müde, gealtert.

»Wir mußten ihnen Kopien von den Berichten überreichen, die wir in den ersten Wochen Ihres Aufenthaltes im Krankenhaus angefertigt hatten. Das ist gang und gäbe, und wir konnten ihnen nicht absagen. Freilich haben wir ihnen nicht alles mitgeteilt. Was das jüngste Material anbelangt, unter anderem die Kopien des Heftes mit Ihren Aufzeichnungen und der Tonaufnahme, all dies wurde nach Paris fortgeschafft, wird nun von Bernard und seinen Mitarbeitern studiert und wird später in einem der Labors der Rockefeller-Stiftung erlegt werden ... Aber ich merke, Sie hören mir nicht mehr zu«, sagte er und stand auf. »Sie sind müde. Alles übrige werden Sie nächstes Mal erfahren.«

Dieses Übrige schien ihm endlos. Manchmal dünkte es ihn belanglos, ein andermal glaubte er, Dinge zu erfahren, die er bereits gehört hatte, wiewohl er nicht hätte genau angeben können, wann und bei welcher Gelegenheit. Besonders amüsiert hatten ihn die Untersuchungen im Zusammenhang mit dem Blitzschlag in der Nacht der Auferstehung. Wie war man drauf gekommen, daß der Platzregen einen gewissen Perimeter nicht überschritten hatte, daß bloß ein einziger Blitz, zudem in höchst ungewöhnlicher Weise eingeschlagen hatte, denn die Gläubigen, die in der Vorhalle der Kirche warteten, hatten den Blitz wie einen endlosen, weißglühenden Pfeil zucken gesehen. Jedenfalls war außer den von Dr. Rudolf geschickten Fachleuten, die allerlei Informationen im Zusammenhang mit der Form und der Leuchtkraft des Blitzes sammelten, auch ein berühmter Dilettant gekommen, der Verfasser mehrerer Studien über die *etrusca-disciplina.** In weniger als einer Woche war es ihm gelungen, das vom Regen getroffene Areal festzustellen, und nun interpretierte er dessen Symbolik.

»Aber diese Untersuchungen und Nachforschungen sind bloß von anekdotischem Wert«, fuhr der Professor fort. »Ernstzunehmen ist bloß Dr. Rudolfs Entschluß, die Versuche mit elektrischen Schlägen in Angriff zu nehmen, sobald er Ihre Akte durch einige Gespräche mit Ihnen komplettiert haben wird.«

»Aber was könnte ich ihm denn noch sagen?« fragte Matei.

»Was diese Leute sich von Ihnen versprechen, weiß niemand. Vielleicht hoffen sie, aufgrund gewisser Laborversuche ein übriges an Informationen von Ihnen zu erlangen. Sie könnten, zum Beispiel, eine Reihe von künstlichen Blitzen erzeugen und Sie nach der jeweiligen Intensität der Weißglut den Blitz erkennen lassen, der Sie getroffen hat. Vielleicht wollen sie aus Ihrem eigenen Munde hören, was Sie in jenem Augenblick empfunden haben und warum Sie behaupten, Sie hätten das Gefühl gehabt, von einem auf Ihrem Scheitel entfachten heißen Zyklon aufgesogen worden zu sein. Ich weiß es nicht. Man munkelt, sie hätten vor, die elektrischen Entladungen an politischen Häftlingen auszuprobieren. Und dieses Verbrechen muß um jeden Preis verhindert werden.«

Matei hatte sich einen dichten, ungepflegten Schnurr-

* Die Lehre der Etrusker; dieses Volk soll sich mit der Deutung von Blitzen befaßt haben.

bart wachsen lassen, wie man es von ihm verlangt hatte. Die Gesichtsveränderung sollte später vorgenommen werden, hatte der Professor ihm am Abend des 25. Septembers gesagt. Er konnte seiner Emotion kaum Herr werden.

»Chamberlain und Daladier sind in München!« Mit diesen Worten betrat der Professor das Zimmer. »Die Dinge können von einem Tag zum andern ins Rollen kommen. Die Leute, in deren Obhut Sie sich befinden, haben ihren Plan geändert«, begann er nach einer Weile wieder zu sprechen und setzte sich ins Fauteuil. »Sie werden heute nacht evakuiert werden. Man wird ein großes Geheimnis daraus machen und es dennoch so anstellen, daß die anderen es erfahren, genauer gesagt, daß sie den Wagen sehen, der Sie abtransportiert. Dann, nach etwa 20 bis 25 Kilometern . . .«

»Das Weitere kann ich mir denken«, unterbrach Matei ihn lächelnd. »20 bis 25 Kilometer von Bukarest entfernt, wird man einen Unfall inszenieren . . .«

»Genau. Es wird sogar Zeugen geben. Die Presse wird wie über irgendeinen beiläufigen Unfall berichten, bei dem drei Männer verunglückten, von denen man nur noch die verkohlten Leichen fand. Aber die verschiedenen Geheimdienste werden erfahren, daß Sie und die beiden Agenten, die Sie zu einem unbekannten Ziel begleiteten, die Opfer waren. Man wird ihnen zu verstehen geben, daß man Sie an einen besonders sicheren Ort bringen wollte.«

»Was übrigens auch geschehen wird«, fuhr er nach einer Pause fort. »Wo man Sie versteckt halten wird, weiß ich nicht. Aber an jenem Ort wird man die

Veränderungen an Ihnen vornehmen, die ich bereits erwähnte. In spätestens einem Monat wird man Sie, ausgestattet mit einem regelrechten Paß, nach Genf abschieben. Auf welchem Wege, weiß ich nicht, das teilte man mir nicht mit. Genf war Bernards Idee. Paris ist seiner Ansicht nach zur Zeit keineswegs sicher. Er wird Sie übrigens in allernächster Zeit aufsuchen. Auch ich werde hinkommen«, fügte er nach einer Weile hinzu. »So hoffe ich wenigstens . . .«

III

Den Professor bekam Matei nicht mehr zu Gesicht. Er starb Ende Oktober. Matei hatte es schon seit langem befürchtet, genauer gesagt seit dem Tag, als der Professor mit den Worten ins Zimmer gestürzt war: »Die Lage hat sich zugespitzt, die Dinge sind ernster, als wir geahnt haben! . . .«, seine Hand aufs Herz preßte und stöhnend zusammenbrach, worauf jemand aufschrie, Türen zugeschlagen wurden, eilige Schritte sich auf der Treppe entfernten. Matei erholte sich erst von seinem Schrecken, als der Professor später wieder zu ihm kam und ihn fragte: »Fühlen Sie sich nicht wohl? Hatten Sie eine schlechte Nacht?« Doch der Anblick verfolgte ihn seither ständig. Als Dr. Bernard ihm sagte: »Ich muß Ihnen eine traurige Mitteilung machen«, hatte Matei die Antwort auf den Lippen: »Ich weiß, der Professor ist gestorben . . .«

Dr. Bernard suchte ihn wenigstens einmal im Monat auf. Dann verbrachten sie fast den ganzen Tag zusammen. Wenn Matei zuweilen gewisse Fragen beantwortete, stellte Dr. Bernard das Magnettongerät ein und bat ihn, ins Mikrophon zu sprechen. Zum Glück bezogen sich die Fragen auf sein Gedächtnis, auf sein verändertes Verhalten Menschen und Tieren gegenüber im Vergleich zu früher, auf die Readaptierung seiner Persönlichkeit an paradoxe Situationen. (Glaubte er, zum Beispiel, sich noch verlieben zu können wie damals, als er im selben Alter war, das er jetzt wiedererlangt hatte?) Fragen, die er ohne jede Angst beantworten konnte. Bernard brachte ihm je-

desmal eine Summe Geld mit (aus dem von der Rockefeller-Stiftung zur Verfügung gestellten Fond, hatte er ihm erklärt.) Er ermöglichte ihm auch die Inskribierung an die Universität und betraute ihn mit der Aufgabe, Material für eine Geschichte der medizinischen Psychologie zu sammeln.
Nach der Besetzung Frankreichs blieb er lange Zeit ohne Nachricht, wiewohl er bis zum Dezember 1942 weiterhin alle drei Monate direkt von der Rockefeller-Stiftung einen Scheck erhielt. Anfang 1943 ließ Dr. Bernard ihm einen in Portugal aufgegebenen Brief zukommen, in dem er ihm einen längeren Brief ankündigte, da er ihm viel zu erzählen hätte. Dieser Brief, den er in Kürze erhalten sollte, erreichte ihn nie. Erst als er sich nach der Befreiung Frankreichs an einen der Assistenten von Professor Bernard wandte, erfuhr er, daß dieser im Februar 1943 bei einem Flugzeugunglück in Marokko umgekommen war.

Jeden Tag ging er in die Bibliothek, ließ sich eine Menge Bücher und Sammlungen alter Zeitschriften geben, blätterte sie aufmerksam durch, machte sich Notizen und legte bibliographische Karteikarten an. Dieser ganze Aufwand war jedoch nur ein Täuschungsmanöver, denn sobald er die ersten Zeilen gelesen hatte, *wußte* er schon, was folgen würde. *Wünschte er,* den Inhalt eines Textes zu erfahren, so entdeckte er, daß dieser ihm bereits bekannt war. Eine Erklärung für diesen Anamneseprozeß, wie er ihn zu nennen pflegte, fand er nicht. Einige Zeit nachdem er die Arbeit in der Bibliothek begonnen hatte, träumte ihm eines Nachts, sein Verstand nehme infolge des erlittenen elektrischen Schlages irgendwie die geistigen Fähigkeiten der Menschen vorweg, die viele Jahrtausende nach ihm leben würden. Es war ein langer, aufwühlender Traum, an den er sich nur bruchstückhaft erinnern konnte, weil er mehrmals erwacht und wieder eingeschlafen war, aber diese Vorstellung beschäftigte ihn sehr. Das Hauptmerkmal der künftigen Menschheit würde ihre neuartige psychische und geistige Struktur sein. Durch eine bestimmte Konzentrationsübung würde man die Fähigkeit erlangen, alles parat zu haben, was je von Menschen gedacht oder geschaffen, mündlich oder schriftlich zum Ausdruck gebracht worden war. Bildung würde dann im Erlernen dieser Methode unter Anleitung von Fachkräften bestehen.

»Mit anderen Worten, ich bin ein ›Mutant‹«, sagte er sich beim Erwachen. »Ich nehme die Existenz des post-historischen Menschen vorweg. Wie in einem Science-fiction-Roman«, fügte er mit einem belustigten Lächeln hinzu. Solche Überlegungen stellte er hauptsächlich für die »Mächte« an, die ihn in ihrer Obhut hielten.

»In gewissem Sinne ist es tatsächlich so«, dachte er laut. »Aber im Unterschied zu den Gestalten aus Science-fiction-Romanen steht es mir frei, diese neuen geistigen Fähigkeiten zu nutzen oder nicht. Sollte ich mich aus dem einen oder anderen Grund in den früheren Zustand zurückversetzen wollen, so steht es mir frei, dies jederzeit zu tun . . .«

Er atmete tief auf. »Ich bin also *frei*!« rief er aus,

nachdem er sich vorsichtig nach allen Seiten umgesehen hatte. »Ich bin *frei* . . . und dennoch . . .« Doch er wagte nicht, diesen Gedanken fortzusetzen.
Schon im Jahre 1939 hatte er den Entschluß gefaßt, in einem besonderen Heft seine letzten Erfahrungen zu beschreiben. Zunächst kommentierte er die folgende Tatsache, die ihm »die Humanität des post-historischen Menschen« zu bestätigen schien: Die spontane, gewissermaßen automatische Erkenntnis schmälert weder das Interesse am Weiterforschen noch die Freude der Entdeckung. Er wählte ein leicht verifizierbares Beispiel: Wenn jemand Gedichte liebt, wird es ihm Vergnügen bereiten, sie immer wieder zu lesen, auch wenn er sie schon fast auswendig kennt. Er könnte sie ja aus dem Gedächtnis hersagen, dennoch zieht er es vor, sie zu lesen. Denn die wiederholte Lektüre bietet ihm Gelegenheit, immer neue Deutungen und verborgene Schönheiten zu entdecken. So erging es auch ihm mit dem ungeheuren Wissen, das er sozusagen auf dem Präsentierteller serviert bekam. Die plötzliche Kenntnis der vielen Sprachen und Literaturen beraubten ihn nicht der Freude, sie weiterhin zu lernen und zu erforschen.
Als er manche Sätze, die er sich aufgeschrieben hatte, nach Jahren wieder las, war er entzückt: »Man lernt nur das gut und gern, was man bereits kennt.« Oder: »Vergleicht mich nicht mit einem Computer. Wird der mit den entsprechenden Daten gefüttert, so kann er die Odyssee oder die Äneis hersagen. Ich aber werde sie jedesmal *anders* aufsagen.« Oder: »Das Glücksgefühl, das einem jedes Kulturwerk bescheren kann, ist

begrenzt. (Ich präzisiere: Nicht nur jedes Kunstwerk sondern jedes Kulturwerk.)«

Er erinnerte sich stets voller Ergriffenheit an die rätselhafte Epiphanie der beiden Rosen. Von Zeit zu Zeit sprach er ihr jedoch die Gültigkeit eines philosophischen Argumentes ab. Darauf folgten lange Zwiegespräche, die ihn entzückten; er hatte sich sogar vorgenommen, sie aufzuschreiben, besonders weil sie ihm literarisch wertvoll dünkten. Letztes Mal hatte das innere Zwiegespräch jedoch ein jähes Ende genommen.

»Im Grunde«, hatte er sich an jenem Abend im Winter 1944 wiederholt, »können solche parapsychologische Phänomene die Wirkung einer Kraft sein, die wir nicht kennen, die aber von unserem Unbewußten kontrolliert werden kann.«

›Stimmt‹, hörte er sein zweites Ich. ›Jede Handlung wird von einer mehr oder minder bekannten Kraft vollzogen. Aber nach so vielen Erfahrungen solltest du deine philosophischen Grundsätze revidieren. Du ahnst bestimmt, worauf ich hinaus will . . .‹

»Ich glaube schon«, gab er lächelnd zu.

Mehrmals hatte er während der letzten Kriegsjahre entdeckt, daß seine Bankersparnisse nahezu aufgebraucht waren. Neugierig und zugleich ungeduldig schickte er sich an, die Lösung dieser Krise abzuwarten. Das erste Mal erhielt er eine Geldanweisung auf tausend Franken von einer Person, deren Namen er nie zuvor gehört hatte. Sein Dankschreiben kam mit dem Vermerk zurück: »Adressat unbekannt«. Ein andermal traf er zufällig im Bahnhofsrestaurant eine Kollegin. Als er erfuhr, daß sie für eine Woche nach Monte Carlo fuhr, bat er sie, am dritten Tag um sieben Uhr abends ins Spielkasino zu gehen und am ersten Tisch im ersten Roulettsaal hundert Franken auf eine bestimmte Nummer zu setzen. Er hatte darauf bestanden, daß sie *genau* um sieben Uhr hingehe. Er bat sie, nichts darüber verlauten zu lassen, und wiederholte diese Bitte, als die junge Dame ihm ganz aufgeregt dreitausendsechshundert Franken brachte. Dieser letzte Vorfall hatte ihn besonders fasziniert. (An ihn hatte er zunächst gedacht, als der Professor ihm sagte: »Sie ahnen doch gewiß, worauf ich anspiele.«) Er ging an den drei Schaufenstern des Markengeschäftes vorbei, wie er es immer tat, wenn er von der Bibliothek zurückkam. Diesmal blieb er unwillkürlich stehen und starrte hinein. Die Philatelie hatte ihn nie interessiert, und er fragte sich, weshalb er seinen Blick von dem einen Schaufenster, das sogar das am wenigsten anziehende war, nicht losreißen konnte. Als er ein altes, bescheiden aussehendes Album entdeckte, war er verlockt, es zu kaufen. Es kostete fünf Franken. Zu Hause angekommen, fing er an, es neugierig und überaus aufmerksam durchzublättern, wiewohl er nicht recht wußte, was er eigentlich suchte. Das Album hatte zweifellos einem Anfänger gehört, vielleicht einem Gymnasiasten. Wiewohl Matei selber kein Fachmann auf diesem Gebiet war, gab er sich Rechenschaft, daß es banale Marken ziemlich neuen Datums waren.

Plötzlich faßte er einen Entschluß, holte eine Rasierklinge und schnitt die Kartons auf, die sich als jeweils zwei zusammengeklebte Blätter erwiesen. Da entdeckte er hinter den aufgedruckten Marken Cellophantütchen mit alten Marken. Sorgfältig löste er sie ab. Das Geheimnis war leicht zu enträtseln. Jemand, der vom Regime verfolgt war, hatte versucht, auf diese Weise eine große Anzahl seltener Marken aus Deutschland hinauszuschaffen, und es war ihm auch gelungen. Nächsten Tag ging Matei wieder hin und fragte den Geschäftsinhaber, ob er sich erinnere, wer ihm das Album verkauft hätte. Der Mann wußte es nicht. Er hatte vor einigen Jahren bei einer Versteigerung einen ganzen Haufen alter Alben erstanden, und dieses war darunter gewesen. Als Matei ihm die Marken zeigte, die er gefunden hatte, erbleichte der Händler.

»So seltene Exemplare sind mir lange nicht vor Augen gekommen«, sagte er, »weder in der Schweiz noch anderswo.«

Jetzt könne man wenigstens hunderttausend Franken für sie erzielen, fügte er hinzu, wenn er jedoch eine internationale Versteigerung abwarte, würde man vielleicht sogar zweihunderttausend für sie bieten . . .

»Da ich sie um einen Pappenstiel bei Ihnen gekauft habe«, sagte Matei, »schickt es sich, denke ich, den Erlös zu teilen. Vorderhand benötige ich ein paar tausend Francs. Den Rest können Sie mir, sooft Sie die eine oder andere Marke verkaufen, in Raten auf mein Bankkonto überweisen.«

›Wie sehr hätten doch derlei Begebenheiten Leibniz fasziniert!‹ sagte er sich lächelnd. ›Genötigt zu sein, seine philosophischen Grundsätze zu revidieren, weil, weil auf mysteriöse Weise ...‹

Seit 1942 stand es für ihn fest, daß weder die Gestapo noch andere Geheimdienste, die sich aus verschiedenen Gründen für seinen Fall interessierten, noch an die Version mit dem Unfall glaubten. Die Leute in Bukarest hatten vermutlich nicht dichtgehalten, und Professor Bernards Pariser Assistenten dürften es mit der Diskretion auch nicht sehr genau genommen haben. Doch selbst wenn man erfahren haben sollte, daß er in Genf lebte, wußte man weder wie er aussah noch kannte man seinen Namen. Er war daher überrascht, als er eines Abends beim Verlassen des Kaffeehauses bemerkte, daß sich ihm jemand an die Fersen heftete. Es gelang ihm, seine Spur zu verwischen, und er verbrachte eine Woche in einem Dorf in der Nähe von Luzern. Kaum war er zurück, wiederholte sich der Zwischenfall; zwei Männer unbestimmten Alters, die Pelerinen trugen, erwarteten ihn vor der Bibliothek. Da einer der Bibliothekare gerade herunterkam, bat Matei ihn, sich ihm anschließen zu dürfen. Als es nach einer Weile auch für den Bibliothekar außer Zweifel stand, daß sie beschattet wurden, nahmen sie ein Taxi. Ein Schwager des Bibliothekars war bei der Fremdenpolizei angestellt; von ihm erfuhr Matei später, daß man ihn mit einem Geheimagenten verwechselt hatte. Man gab ihm eine Telefonnummer, die er nötigenfalls anrufen konnte. Die Tatsache, daß die unmittelbare Gefahr, die ihm drohte, auf die Verwechslung mit einem banalen Spitzel oder Geheimagenten zurückzuführen war, wiewohl er von der Gestapo und wahrscheinlich auch von anderen Geheimdiensten gesucht wurde, amüsierte ihn.

Gleich vom ersten Jahr an pflegte er, von Dr. Bernard gut beraten, die Hefte mit seinen persönlichen Aufzeichnungen in einem Schließfach in der Bank zu deponieren. Späterhin gab er es auf, Hefte zu benützen. Er schrieb alles in ein Notizbuch, das er ständig bei sich trug. Manche Seiten, auf denen er sich intime Dinge notiert hatte, deponierte er gleich im Safe. Am selben Abend, da er in die Nähe von Luzern geflüchtet war, beschloß er, seine autobiographischen Notizen zu vervollständigen. »Ich bin weder ein Hellseher noch ein Okkultist und gehöre keinerlei Geheimbund an. Eine der Akten, die sich in meinem Schließfach befinden, faßt das Leben zusammen, das ich im Frühjahr 1938 begonnen habe. Meine ersten Erfahrungen wurden in den Berichten der Professoren Roman Stănciulescu und Gilbert Bernard beschrieben und analysiert und von letzterem an ein Labor der Rockefeller-Stiftung weitergeleitet. Aber sie betreffen bloß die äußeren Aspekte des im April 1938 ausgelösten Mutationsprozesses. Ich erwähne sie dennoch, weil sie mit wissenschaftlicher Akribie die Informationen erhärten, die in den anderen, ebenfalls im Schließfach deponierten Unterlagen enthalten sind.

Ich zweifle nicht, daß der jeweilige Forscher, der sich diese Unterlagen durchsehen wird, dieselbe Frage stellen wird, die auch ich mir in den letzten sieben Jahren öfters gestellt habe: Warum ausgerechnet *ich*? Warum ist diese Veränderung gerade mit mir vor sich gegan-

gen? Aus der kurzen Selbstbiographie, die sich in der Mappe A befindet, geht deutlich hervor, daß ich auch, ehe ich von völligem Gedächtnisschwund bedroht war, nichts Besonderes zustande gebracht habe. Wohl interessierte ich mich von jung auf leidenschaftlich für viele Wissensbereiche, aber außer einem enormen Buchwissen hatte ich nichts vorzuweisen. Warum also gerade ich? Weiß der Kuckuck. Vielleicht, weil ich keine Angehörigen habe. Natürlich gibt es auch genug andere Intellektuelle ohne Anhang. Vielleicht bin ich auserkoren worden, weil ich in meiner Jugend ein universales Wissen angestrebt habe. Und da wird mir gerade im Augenblick, da ich im Begriff war, mein Gedächtnis vollkommen zu verlieren, ein universales Wissen zuteil, wie es dem Menschen erst nach vielen tausend Jahren zugänglich sein wird ... Ich habe dies notiert, damit man im Falle, daß ich entgegen allen Erwartungen nun verschwinden sollte, weiß: Mir kommt für den Mutationsprozeß, den ich in der Mappe A genauestens beschrieben habe, weder ein Verdienst zu, noch bin ich dafür verantwortlich.«
Am nächsten Tag setzte er fort: »Aus Gründen, die ich in der Mappe B dargelegt habe, wurde ich im Oktober 1938 in die Schweiz gebracht und ›getarnt‹. Daß ich bis heute, den 20. Januar 1943, noch nicht identifiziert (und eventuell entführt) wurde, könnte unbegreiflich erscheinen. Sollte jemand meine Aufzeichnungen lesen, könnte er sich fragen, wie es denn möglich war, daß ich so viele Jahre unentdeckt blieb, wo doch mein Fall so viel Aufsehen erregt hatte. War ich doch ein ›Mutant‹, der über Mittel der Erkenntnis

verfügte, die anderen Menschen noch nicht zugänglich waren. Diese Frage stellte ich mir in den Jahren 1938, 1939 selber mehrmals. Aber ich sah rasch ein, daß ich nicht Gefahr lief, mich zu verraten und somit identifiziert zu werden, aus dem einfachen Grund, weil ich mich anderen gegenüber wie ein x-beliebiger Intellektueller verhielt. In den Jahren 1938-1939 befürchtete ich, wie gesagt, mich zu verraten, wenn ich mich auf der Universität mit den Professoren und meinen Kommilitonen unterhielt: Ich *wußte* mehr als jeder von ihnen und *begriff* Dinge, von deren Existenz sie gar nichts ahnten. Aber zu meiner Überraschung und großen Erleichterung entdeckte ich, daß ich mich in Anwesenheit anderer *nicht so zeigen konnte, wie ich tatsächlich war;* ebenso wie ein Erwachsener sich im Gespräch mit einem Kind dessen Grenzen bewußt ist und sich auf die geistigen Fähigkeiten seines Gegenübers einstellt, um es nicht zu überfordern, so erging es auch mir. Dennoch zwang mich das ständige Vertuschen der ungeheueren mir zur Verfügung stehenden Möglichkeiten nicht, ein ›Doppelleben‹ zu führen. Eltern und Pädagogen führen in Anwesenheit der Kinder schließlich auch kein ›Doppelleben‹.
Im gewissen Sinne ist meine Erfahrung von beispielhaften Wert. Würde jemand mir sagen, daß es unter uns Heilige oder authentische Magier oder Boddhisatva oder jede andere wundertätige Person gibt, ich würde ihm glauben. Solche Menschen können schon durch ihre bloße Art zu existieren von Profanen nicht erkannt werden.«

Am Morgen des 1. Novembers 1947 beschloß er, von nun an seine Aufzeichnungen nicht mehr auf französisch zu machen, sondern in einer künstlichen Sprache, die er sich voller Eifer, ja geradezu mit Begeisterung in den letzten Monaten zurechtgelegt hatte. Besonders entzückt war er von der außergewöhnlichen Geschmeidigkeit der Grammatik und den unbeschränkten Möglichkeiten des Wortschatzes. (Es war ihm gelungen, in das System der rein etymologischen Proliferation ein der Ganzheitstheorie entliehenes Korrektiv einzuführen.) Er war nun imstande, paradoxale, scheinbar widersprüchliche Situationen zu beschreiben, die in den bestehenden Sprachen unmöglich zum Ausdruck gebracht werden konnten. So wie dieses linguistische System konstruiert war, konnte es nur von einem perfektionierten Computer entziffert werden, also voraussichtlich nicht vor 1980. Diese Gewißheit gestattete ihm, Geheimnisse preiszugeben, die er bisher nie gewagt hatte, zu Papier zu bringen.

Wie gewöhnlich nach einem der Arbeit gewidmeten Vormittag unternahm er einen Spaziergang am Seeufer. Auf dem Heimweg kehrte er im Café Albert ein. Kaum hatte der Ober ihn erblickt, bestellte er auch sogleich den Kaffee und die Flasche Mineralwasser. Er brachte ihm auch die Zeitungen, aber Matei kam nicht einmal dazu, sie durchzufliegen. Ein hochgewachsener, vornehm aussehender Herr (›Wie aus einem Bild von Whistler herabgestiegen‹ sagte sich Matei) blieb vor ihm stehen und bat um Erlaubnis, an seinem Tisch Platz nehmen zu dürfen. Der Mann war noch ziemlich jung, wiewohl der altmodische Schnitt seines Anzugs ihn wenigstens fünf, sechs Jahre älter aussehen ließ.

»Ist es nicht seltsam, daß wir einander gerade heute, an einem für Sie so wichtigen Tag getroffen haben«, bemerkte er. »Ich bin der Graf von Saint-Germain. Jedenfalls werde ich so genannt«, fügte er mit einem bitteren Lächeln hinzu. »Aber kommt es Ihnen nicht seltsam vor, daß wir einander gerade getroffen haben wenige Tage nach der Auffindung der Essener Handschriften in den Höhlen am Toten Meer? Sie haben doch sicherlich auch davon erfahren.«

»Bloß was die Zeitungen darüber brachten«, erwiderte Matei.

Der Fremde betrachtete ihn lange und lächelte. Dann hob er die Hand und machte die Bestellung: »Einen Doppelten und ohne Zucker«, präzisierte er.

»Alle Begegnungen dieser Art«, setzte er wieder zum Sprechen an, nachdem der Ober ihm den Kaffee gebracht hatte, »alle Begegnungen zwischen unwahrscheinlichen Gestalten wie wir haben einen Pasticcio-Charakter. Das ist eine Folge der schlechten, pseudo-okkulten Literatur. Aber man muß es hinnehmen; man kann gegen mittelmäßige Folklore nicht aufkommen; ich finde die Legenden, von denen manche unserer Zeitgenossen entzückt sind, einfach abgeschmackt. Ich erinnere mich an ein Gespräch mit Mathyla Ghika im Sommer 1940 in London. Es war kurz nach der Niederlage der Franzosen. Da erklärte mir dieser hervorragende Gelehrte, Schriftsteller und Philosoph (ich schätze, nebenbei gesagt, nicht bloß wie jedermann *Le nombre d'or* sehr, sondern auch seinen Jugendroman

La pluie d'étoiles), dieser unvergleichbare Mathyla Ghika, daß der zweite Weltkrieg, der kaum angefangen hatte, eigentlich ein okkulter Krieg zwischen zwei Geheimbünden wäre, nämlich zwischen den Templern und den teutonischen Rittern. Wenn ein so hochgebildeter und intelligenter Mensch wie Mathyla Ghika so denken konnte, darf die Geringschätzung, die man okkulten Überlieferungen allgemein entgegenbringt, nicht wundern. Aber Sie schweigen so beharrlich. Haben Sie denn nichts dazu zu sagen?« fragte er lächelnd.

»Ich hörte Ihnen interessiert zu.«

»Sie brauchen übrigens gar nicht viel zu sprechen. Ich will Sie nur bitten, mir schließlich eine Frage zu beantworten. Ich behaupte nicht zu wissen, wer Sie sind«, nahm er nach einer Pause den Faden des Gesprächs wieder auf. »Aber einige von uns wissen seit dem Jahre 1939 von Ihrer Existenz. Die Tatsache, daß Sie plötzlich und ganz unabhängig von den uns bekannten Überlieferungen aufgetaucht sind, läßt uns annehmen, daß Sie einerseits eine besondere Mission zu erfüllen haben und daß Sie andererseits über Mittel der Erkenntnis verfügen, die die unsrigen weit übersteigen . . . Sie brauchen nicht alles zu bestätigen, was ich Ihnen sage«, fuhr er fort. »Ich habe Sie heute aufgesucht, weil die Auffindung der Qumran-Rollen am Toten Meer das erste Anzeichen aus einem wohlbekannten Symptomenkomplex ist. Es werden ziemlich rasch auch andere Entdeckungen folgen, und in gleicher Richtung . . .«

»Das heißt?« unterbrach Matei ihn schmunzelnd.

Der Fremde maß ihn wieder mit einem langen, forschenden Blick.
»Ich sehe, Sie wollen mich auf die Probe stellen. Und vielleicht haben Sie recht . . . Aber die Bedeutung der Entdeckungen ist klar: Die Handschriften von Qumran offenbaren die Lehren der Essener, einer geheimen Sekte, über die man bisher fast gar nichts wußte. Desgleichen werden die kürzlich in Oberägypten aufgefundenen und noch nicht eingehend erforschten gnostischen Handschriften gewisse esoterische Lehren offenbaren, die beinahe achtzehn Jahrhunderte lang unbeachtet blieben. Bald werden weitere solche Entdeckungen folgen und andere bis in unsere Tage geheim geliebene Überlieferungen zum Vorschein bringen. Der Symptomenkomplex, auf den ich anspielte, ist eben der: Die allmähliche Offenbarung der Geheimlehre. Und das bedeutet das Herannahen der Apokalypse. Der Kreis schließt sich. Man wußte es längst, aber nach Hiroshima wissen wir auch, auf welche Weise er sich schließt . . .«
»Stimmt«, murmelte Matei wie geistesabwesend.
»Die Frage, die ich Ihnen stellen wollte, ist folgende: Haben Sie Kenntnis darüber erhalten, ich meine, wissen Sie Genaueres über die Art und Weise, wie man die Arche zustandebringen wird?«
»Die Arche?« fragte Matei überrascht. »Denken Sie an eine zweite Arche Noah?«
Der andere maß ihn wieder mit einem langen, neugierigen und zugleich irritierten Blick.
»Es war nur eine Metapher«, fuhr er nach einer Weile fort. »Eine Metapher, die bereits zum Klischee gewor-

den ist«, fügte er hinzu. »Sie finden sie in der ganzen sogenannten okkulten *Makulatur* . . . Ich bezog mich auf die Vermittlung von Tradition. Ich weiß, daß das Wesentliche nie verlorengeht. Aber ich dachte an die vielen anderen Dinge, die zwar nicht das Wesentliche darstellen, meines Erachtens jedoch für eine richtiggehend menschliche Existenz unentbehrlich sind; zum Beispiel die künstlerischen Werte des Westens, vor allem die Musik und die Dichtung, aber auch ein Teil der klassischen Philosophie und manche Wissenschaften . . .«

»Was die wenigen Überlebenden der Katastrophe über die Wissenschaften denken werden, können Sie sich leicht vorstellen«, unterbrach ihn Matei schmunzelnd. »Der post-historische Mensch, wie ich ihn nennen hörte, der post-historische Mensch wird vermutlich auf Wissenschaft wenigstens ein- bis zweihundert Jahre allergisch reagieren . . .«

»Höchstwahrscheinlich«, fuhr der andere fort. »Aber ich dachte an die Mathematik . . . Nun ja, das war es ungefähr, was ich Sie fragen wollte.«

Matei versank in Gedanken und zögerte die Antwort hinaus.

»Insofern ich Ihre Frage verstanden habe, kann ich Ihnen bloß sagen, daß . . .«

»Danke, ich habe begriffen!« rief der Fremde mit unverhohlener Genugtuung aus.

Darauf verneigte er sich tief vor Matei, drückte ihm erregt die Hand und wandte sich zur Tür. Matei sah dem Fremden nach, der sich eilig entfernte, als erwarte ihn jemand dort auf der Straße.

»Ich gab Ihnen mehrmals Zeichen«, sagte der Kaffeehausbesitzer, seine Stimme senkend, »aber Sie haben weggeschaut. Er war seinerzeit ein Stammkunde von uns. Jedermann kennt ihn: Es ist Monsieur Olivier, aber manche nennen ihn Doktor: Dr. Olivier Brisson. Er war eine Zeitlang Lehrer, aber eines Tages verließ er seine Schule und die Stadt, ohne jemand zu benachrichtigen. Ich glaube, er ist nicht recht bei Trost. Er spricht fremde Menschen an und stellt sich als der Graf von Saint-Germain vor . . .«

Er erinnerte sich an diese Begegnung, als er bemerkte, daß sich die Situation seltsamerweise wiederholte. Er hatte sich in jenem Jahr mit Linda Gray, einer jungen Kalifornierin angefreundet, die sich in seinen Augen unter anderem dadurch auszeichnete, daß sie nicht eifersüchtig war. Eines Abends – er hatte sich noch nicht die zweite Tasse Kaffee eingeschenkt – sagte sie ihm ganz unerwartet:
»Ich habe gehört, daß du mit einem berühmten französischen Arzt befreundet warst . . .«
»Er ist gestorben«, hatte er sie unterbrochen. »Er ist im Winter 1943 bei einem Flugzeugunglück ums Leben gekommen . . .«
Die junge Frau zündete sich die Zigarette an, machte einen tiefen Zug und fuhr fort, ohne ihn anzuschauen.
»Manche behaupten, die Flugzeugkatastrophe wäre absichtlich herbeigeführt worden, die Maschine wäre abgestürzt, weil . . . Nun ja, den wahren Grund habe ich nicht genau begriffen, aber du wirst ihn bald von ihm selber erfahren. Ich habe ihn für neun Uhr hierher

bestellt«, fügte sie mit einem Blick auf ihre Uhr hinzu.
»Wen hast du für neun Uhr herbestellt?« fragte Matei sie lächelnd.
»Dr. Monroe. Er ist Direktor oder jedenfalls an leitender Stelle im New Yorker Forschungslabor für Gerontologie.«
Als Dr. Monroe eintraf, erkannte Matei ihn sogleich. Er hatte ihn mehrmals in der Bibliothek und vor wenigen Tagen im Kaffeehaus gesehen. Der Mann hatte ihn um Erlaubnis gebeten, sich an seinen Tisch setzen zu dürfen und hatte ihn, sobald er Platz genommen, nach Professor Bernard gefragt. »Ich kannte ihn gut«, hatte Matei ihm geantwortet, »aber ich habe mir vorgenommen, nie über die Hintergründe unserer Freundschaft zu sprechen . . .«
»Verzeihen Sie, aber ich war gezwungen, eine solche Strategie anzuwenden«, bekannte der Fremde, reichte ihm die Hand und stellte sich als Dr. Yves Monroe vor. »Ich habe das von Professor Bernard gesammelte Material in New York untersucht. Als Biologe und Gerontologe geht es mir vor allem darum, die Weiterverbreitung von neuen, gefährlichen Mythen zu verhindern. So will ich, zum Beispiel, darauf hinweisen, daß die Annahme, die Jugend und das Leben könnten anders als durch die heutzutage üblichen rein bio-chemischen Mittel verlängert werden, absurd ist. Es ist Ihnen doch gewiß klar, worauf ich hinaus will?«
»Keineswegs.«
»Ich beziehe mich vor allem auf die von Dr. Rudolf vorgeschlagene Methode, die Elektroschocks von ei-

ner bis eineinhalb Millionen Volt vorsieht . . . Das ist doch eine Verstiegenheit sondergleichen!«

»Zum Glück wurde diese Methode, glaube ich, kaum je angewendet.«

Der Doktor erhob das Glas Whisky und drehte es wie geistesabwesend zwischen seinen Fingern.

»Ganz richtig«, sprach er nach einer Weile und starrte auf die Eiswürfel. »Aber es hat sich das Gerücht verbreitet, daß Dr. Bernard einen gewissermaßen analogen Fall gekannt hat, und zwar eine durch die elektrische Entladung eines Blitzes hervorgerufene Verjüngung. Die diesbezüglichen Unterlagen, die sich im Rockefeller-Labor befinden, sind allerdings so wenig stichhaltig und so verwirrend, daß man aus ihnen nicht klug wird. Übrigens sind die Phonogramme, wie man mir erklärte, zum Teil verlorengegangen; genauer gesagt: Sie wurden aus Versehen gelöscht, als man versuchte, sie auf perfektionierte Schallplatten zu übertragen. Jedenfalls beziehen sich die von Professor Bernard gesammelten Unterlagen, sofern sie überhaupt verwendbar sind, ausschließlich auf die geistigen und psychischen Genesungsphasen des vom Blitz getroffenen Patienten . . .«

Er hielt inne und stellte das Glas auf den kleinen Tisch zurück, ohne es auch nur an die Lippen geführt zu haben.

»Ich habe mir erlaubt, diese Begegnung zu erzwingen«, nahm er den Faden des Gesprächs wieder auf, »in der Hoffnung, Sie würden in diese ziemlich mysteriöse Angelegenheit etwas Licht bringen. Sie haben mir gestanden, Professor Bernard recht gut gekannt zu haben. Vor kurzem verbreitete sich das Gerücht, er hätte die wichtigsten Unterlagen in zwei Koffern bei sich gehabt, und gerade dieser beiden Koffer wegen hätte man das Flugzeug, mit dem er den Atlantik überqueren sollte, abgeschossen. Man weiß zwar nicht genau, was sie enthielten, aber einer der miteinander rivalisierenden Geheimdienste wollte sichergehen und sozusagen jedes Risiko ausschalten ... Wissen Sie etwas Genaueres im Zusammenhang mit dem Inhalt dieser Koffer?«

Matei zuckte verlegen die Achseln.

»Näheres darüber könnten Ihnen, glaube ich, bloß die Pariser Assistenten von Dr. Bernard sagen ...«

Der Doktor lächelte gezwungen. Er versuchte gar nicht, seine Enttäuschung zu verbergen.

»Diejenigen, die sich noch daran erinnern, erklären, keine Ahnung davon zu haben. Und die anderen tun so, als hätten sie vergessen ... Ich habe auch die Artikel von Professor Roman Stănciulescu in der *Presse médicale* gelesen«, fuhr er nach einer Weile fort. »Leider ist Stănciulescu im Herbst 1938 gestorben. Einer meiner Kollegen, der dienstlich in Bukarest weilt, schrieb mir vor kurzem, all seine Bemühungen, Näheres von Professor Stănciulescus Assistenten zu erfahren, wären ergebnislos geblieben.«

Er griff wieder nach dem Glas, drehte es lange zwischen den Fingern, führte es schließlich zum Mund und nippte langsam und äußerst bedächtig vom Whisky. »Dank Dr. Bernards Fürsprache hatten Sie etwa drei, vier Jahre lang ein Rockefeller-Stipendium. Welches war Ihr Forschungsgebiet?«

»Ich sammelte Material für eine Geschichte der medizinischen Psychologie«, erwiderte Matei. »1945 schickte ich es den Mitarbeitern von Professor Bernard nach Paris.«
»Interessant«, sagte Monroe, sah plötzlich von seinem Glas auf und musterte ihn lange.
Matei kehrte in jener Nacht bedrückt und in Gedanken versunken heim. Er war nicht sicher, daß Monroe seine Identität erraten hatte. Andererseits begriff er nicht, für wen Monroe ihn eigentlich hielt: Für einen persönlichen Freund von Bernard? Für einen Patienten? Sollte Monroe die in den Jahren 1938-39 gemachten Tonaufnahmen tatsächlich gehört haben, so könnte er allerdings seine Stimme erkannt haben.
Eine Frage, die Linda ihm am nächsten Tag stellte, beruhigte ihn.
»Worauf spielte der Doktor gestern abend an, als er mich beiseite nahm und mir sagte: Sollte er jemals behaupten, er sei über 70, so nehmen Sie ihn nicht ernst ...«

Einige Wochen später sprach ihn jemand vor einem neu eröffneten Café auf Rumänisch an: »Herr Matei, Herr Dominic Matei!«
Er wandte sich erschrocken um. Ein blonder, bloßköpfiger junger Mann trat eilig auf ihn zu und versuchte gleichzeitig, seine Aktentasche zu öffnen.
»Ich habe etwas Rumänisch gelernt«, sagte er in gebrochenem Französisch, »wage aber nicht, es zu sprechen. Ich wußte, daß Sie hier, in Genf, sind. Und bei den vielen Fotografien, die mir zur Verfügung stan-

den, fiel es mir nicht schwer, Sie zu erkennen.« Er suchte nervös in seiner Aktentasche herum und zeigte ihm einige Bilder. Es waren aus verschiedenen Blickwinkeln gemachte Profil- und En-face-Aufnahmen. Der Chirurg, dem es gelungen war, seine Gesichtszüge so gründlich zu verändern, hatte sie im Herbst 1938 selber gemacht.

»Und, um sicherzugehen, habe ich in meiner Aktentasche auch noch Ihr Familienalbum«, fügte der junge Mann lächelnd hinzu. »Wollen wir nicht einen Augenblick in dieses Café eintreten«, fuhr er fort, indem er die Tür weit öffnete und Matei aufforderte, voraus zu gehen. »Sie ahnen ja gar nicht, wie aufgeregt ich vorhin war, als ich Sie erblickte. Ich fürchtete schon, Sie würden sich nicht umwenden, als ich Sie mit Herr Matei ansprach . . .«

»Das hatte ich auch vor«, erwiderte Matei lächelnd. »Doch ich gebe zu: Ich war neugierig . . .«

Sie setzten sich hinten an einen Tisch und bestellten eine heiße Limonade und eine Flasche Bier. Der Unbekannte stützte sein Kinn in die rechte Hand und starrte Matei fasziniert und zugleich ungläubig an.

»Vor wenigen Wochen, am 8. Januar sind Sie 80 Jahre alt geworden!« flüsterte er. »Dabei wirken Sie nicht älter als 30, 32. Und Sie sehen so aus, weil Sie Ihr Alter zu verbergen suchen . . .«

Er hielt inne, als die Serviererin an ihren Tisch trat.

»Ich weiß gar nicht, mit wem ich die Ehre habe . . .«

»Verzeihen Sie«, sagte der junge Mann, nachdem er einen Schluck Bier genommen hatte. »Ich bin noch ganz außer mir. Wie heißt es doch im Rennsport? Ich habe alles auf das eine Pferd gesetzt – und habe gewonnen! Ich bin Ted Jones Junior, Korrespondent der *Time Magazine* ... Es fing alles vor etwa zehn Jahren an, als ich unter dem Titel ›Being struck by the thunder‹ Ihr Interview las. Ich war zutiefst beeindruckt, selbst nachdem ich erfuhr, daß es nicht authentisch war. Dann kam jedoch der Krieg dazwischen, und sehr wenige Leute erinnerten sich noch an dieses Interview.«

Er leerte sein Glas Bier und fragte Matei, ob er Englisch zu sprechen fortfahren dürfe und ob der Pfeifentabak ihn störe.

»Vor zwei Jahren, als man das berüchtigte Geheimarchiv von Dr. Rudolf entdeckte, begann man wieder von Ihrem Fall zu sprechen, soweit er natürlich aus dem von Gilbert Bernard gesammelten Material bekannt war. Allerdings wußte man sonst nichts über Sie, nicht einmal ob Sie noch am Leben sind. Leider war Dr. Rudolf ein berüchtigter Nazi – in der letzten Kriegswoche beging er übrigens Selbstmord – und daher wird alles, was mit seinen Versuchen in Verbindung steht, mißtrauisch betrachtet ...«

»Was hat er denn für Versuche angestellt?«

»Er probierte an Tieren, insbesondere an Säugetieren elektrische Schläge von 1 200 000 bis zu 2 000 000 kW aus ...«

»Mit welchem Ergebnis?«

Der junge Mann versuchte zu lächeln und füllte sich wieder sein Glas mit Bier.

»Das ist eine lange Geschichte«, setzte er zum Sprechen an.

Diese Geschichte schien ihm in der Tat lang, obskur und wenig stichhaltig. »Die ersten, die Rudolfs Archiv untersuchten, sollen behauptet haben, der elektrische Schock hätte die Opfer in manchen Fällen nicht umgebracht. Die Konsequenzen dieser elektrischen Schläge hätten jedoch nicht verfolgt werden können, da die Versuche nach wenigen Monaten gestoppt wurden. In anderen Fällen soll eine Veränderung des genetischen Systems festgestellt worden sein. Einige Forscher sollen diese Veränderung als den Vorboten einer Mutation interpretiert haben. Eine Reihe der wichtigsten Unterlagen aus diesem Archiv sind jedoch unter rätselhaften Umständen verschwunden. Jedenfalls war die Akte Rudolf in Anbetracht der Tatsache, daß sie keinerlei Hinweise auf Versuche mit Menschen enthielt, nicht stichhaltig. Andererseits lehnte die große Mehrheit der amerikanischen Gelehrten die Hypothese einer Regenerierung durch Elektrizität a priori ab. Das einzige Gegenargument waren und blieben Sie!« rief er aus. »Es war somit zu erwarten, daß man das wenige von Professor Bernard gerettete Untersuchungsmaterial in seiner Bedeutung systematisch herunterspielen, ja zum Teil sogar vernichten würde.«
»Glauben Sie wirklich, daß man das getan hat?« unterbrach ihn Matei.
Der junge Mann zögerte seine Antwort ein wenig hinaus und betrachtete ihn lächelnd.
»Ich habe triftige Gründe, nicht daran zu zweifeln. Zum Glück hat man mich als Korrespondent nach Rumänien geschickt . . .«
Noch ehe er nach Bukarest kam, hatte er Rumänisch

gelernt, jedenfalls so viel, um sich auf der Straße und in Geschäften verständigen und um lesen zu können. Er hatte das Glück, Dr. Gavrilă kennenzulernen und sich ziemlich schnell mit ihm anzufreunden. Dieser Arzt hatte Mateis Familienalbum, die nach dem chirurgischen Eingriff gemachten Aufnahmen und die ganze vom Professor gesammelte Dokumentation aufbewahrt.

»Was hätte ich doch für einen außerordentlichen Artikel publizieren können! ›Der Mann, der durch einen Blitzschlag verjüngt wurde!‹ Ich hatte Ihre alten Fotografien zur Hand und so viele andere Aufnahmen, die von Ihnen hier in Genf im Februar 1948 gemacht wurden, dazu die Unterlagen und Erklärungen von Professor Roman Stănciulescu, Dr. Gavrilă und anderen Ärzten, die Sie behandelt haben, außerdem hätte ich ja jetzt die beste Gelegenheit, Sie persönlich zu interviewen . . .«

Er hielt inne, versuchte, seine Pfeife wieder anzuzünden, ließ es jedoch bleiben und sah Matei tief in die Augen.

»Sie schweigen, wie ich sehe. Dabei ist Ihr Englisch ja tadellos.«

»Ich wartete auf die Fortsetzung . . .«

»Da haben Sie recht«, fuhr der junge Mann fort. »Die Fortsetzung ist ebenso spektakulär und mysteriös, wie die Erfahrungen, die Sie gemacht haben. Der Artikel kann aus Gründen ethischer und politischer Natur nicht veröffentlicht werden. Es darf nichts gedruckt werden, was zu Konfusionen führen, das heißt, was auf die eine oder andere Weise die Theorie von Dr.

Rudolf bestätigen könnte. Besonders jetzt, da man im Begriff ist, darüber abzustimmen, ob man den gerontologischen Forschungsinstituten erhebliche Kredite zukommen lassen soll oder nicht ... Haben Sie nichts dazu zu sagen?« fragte er plötzlich Matei ...

Dieser zuckte nur die Achseln. »Ich glaube, die Dinge nehmen ihren normalen Lauf. Es tut mir leid, daß Sie sich so viel Mühe gemacht und so viel Zeit verloren haben, aber die Folgen Ihres Artikels wären verheerend gewesen. Wären die Menschen, besser gesagt, *gewisse* Menschen, dessen *sicher*, daß man mit elektrischen Schlägen das Problem der Regenerierung und Verjüngung lösen kann, so müßten wir auf alles gefaßt sein. Ich halte es daher für vernünftiger, wenn wir es den Bio-Chemikern und Gerontologen überlassen, ihre Forschungen fortzusetzen. Eines schönen Tages, früher oder später, werden sie zum gleichen Ergebnis kommen ...«

Jones Junior rauchte seine Pfeife und sah zu, wie Matei seine Limonade schlürfte.

»Jedenfalls ist auch von Ihnen die Rede«, sagte er schließlich. »Als ich den Plan zu meinem Artikel entwarf, machte ich mir, ehrlich gesagt, nicht Gedanken darüber, was nach seinem Erscheinen aus Ihrem Leben geworden wäre.«

»In gewissem Sinne sind Sie bereits drangegangen, mein Leben mitzubestimmen«, unterbrach Matei ihn lächelnd. »Wie haben Sie mich überhaupt aufgespürt? Ich dachte, Dr. Gavrilă und alle anderen in Rumänien würden mich für tot halten, bei einem Autounfall umgekommen ...«

»Die meisten von ihnen glauben tatsächlich daran. Auch Dr. Gavrilă war davon überzeugt, bis ich ihm eines Tages streng vertraulich mitteilte, daß Sie am Leben seien und hier in Genf wohnen ... Glauben Sie gar nicht, ich hätte es von jemand erfahren«, fügte er mit einem mysteriösen Lächeln hinzu. »Ich bin selber draufgekommen, als man mir sagte, Dr. Monroe wäre nach Genf gekommen, um gewisse Dinge mit einem Freund von Professor Bernard zu erörtern. Ich erriet sogleich, daß es sich bei jenem Freund nur um Sie handeln konnte. Natürlich können weder Monroe noch die anderen vom gerontologischen Labor so etwas *glauben* ...«

»Das ist eine erfreuliche Nachricht ...«

»Die Wahrheit muß aber ans Licht kommen«, fuhr Jones fort. Er versuchte gar nicht, aus seiner Genugtuung ein Hehl zu machen. »Es ist eine zu schöne Geschichte, als daß man mit Schweigen über sie hinweggehen sollte. Ich werde einen Roman darüber schreiben«, fügte er hinzu, während er seine Pfeife reinigte. »Habe übrigens bereits damit begonnen. Sie bringe ich damit keinesfalls in Gefahr. Ich lasse die Handlung vor und während des Krieges in Mexiko spielen, und die meisten Gestalten sind Mexikaner. Selbstverständlich werde ich Ihnen den Roman zukommen lassen, wenn Sie zum Zeitpunkt seines Erscheinens im gleichen Freundschaftsverhältnis zu Linda stehen werden. Ich kannte ihren Bruder gut, den Piloten, der in Okinawa umgekommen ist ...«

Er hielt jäh inne, als hätte er sich an etwas Wichtiges erinnert, und öffnete seine Aktentasche.

»Daß ich das Familienalbum nicht vergesse!« sagte er. »Ich habe Dr. Gavrilă versprochen, es Ihnen auszuhändigen, falls ich Sie treffe. Dies sind wichtige Dokumente: Erinnerungen an – wie soll ich es nur ausdrükken? – Erinnerungen an Ihre erste Jugend ...«

Als er heimkam, packte er das Album in einen Bogen blaues Papier ein, legte es in einen Umschlag und versiegelte diesen. Oben in der Ecke links schrieb er: »Empfangen am 20. Februar 1948 von Ted Jones Junior, Korrespondent des *Time Magazine* in Bukarest. Übergeben von seitens Dr. Gavrilă.«

›Die Dinge werden einfacher und zugleich komplizierter‹, sagte er sich, während er seinen Notizblock öffnete. Er fing an, französisch zu schreiben, berichtete über seine Begegnung, resümierte sein Gespräch mit Jones und fügte dann hinzu: »Er bestätigt die Informationen, die ich von Dr. Monroe erhalten habe: die systematische Vernichtung der Unterlagen aus den Jahren 1938-39. Die einzigen Hinweise auf meine physiologische Wiederherstellung und die Anamnese. Die einzigen wissenschaftlichen Beweise meiner Regenerierung und Verjüngung durch eine überaus starke elektrische Entladung. Somit ist man an der *Ursache* des Mutationsphänomens nicht mehr interessiert. *Weshalb?*«

Er hielt inne und überlegte eine Weile. »Gewiß, das Wesentliche wird ein etwaiger Leser der autobiographischen Skizze und den anderen in den Mappen A, B und C gruppierten Aufzeichnungen entnehmen können. Aber ohne die Untermauerung des von Professor Stănciulescu und Professor Bernard gesammelten Materials, ohne ihre Notizen geht meinen Berichten jeder dokumentarische Wert ab. Um so mehr als fast alle meine Aufzeichnungen sich auf die Folgen der Wiedererlangung und Steigerung meines Gedächtnisses beziehen, mit einem Wort, auf die Erfahrungen eines von Grund auf Verwandelten, der die Existenz des post-historischen Menschen vorwegnimmt. Stănciulescus und Bernards Unterlagen enthielten *nicht* Informationen in Zusammenhang mit diesen Erfahrungen, erhärteten jedoch gewissermaßen ihre Glaubwürdigkeit. Daraus kann ich bloß eine einzige Schlußfolgerung ziehen: Meine Bekenntnisse sind nicht an einen etwaigen Leser in naher Zukunft, sagen wir im Jahre 2000 gerichtet. Aber an wen denn sonst?

Eine vorläufige Antwort könnte vielleicht diese sein: Als Folge der Atomkriege, zu denen es früher oder später kommen wird, werden viele Zivilisationen, angefangen mit der westlichen, untergehen. Diese Katastrophen werden zweifellos eine Welle von Pessimismus, von allgemeiner Entmutigung auslösen, wie man sie bisher in der Geschichte der Menschheit nicht gekannt hat. Selbst wenn nicht alle Überlebenden der Verlockung erliegen sollten, Selbstmord zu begehen, werden nur sehr wenige genügend Vitalität haben, um noch ihre Hoffnung an den Menschen und die Möglichkeit einer der Spezies *homo sapiens* überlegenen Menschheit zu knüpfen. Sollten diese Bekenntnisse zu jenem Zeitpunkt entdeckt und enträtselt werden, so könnten sie die Hoffnungslosigkeit und die allgemeine Untergangsstimmung ausbalancieren. Solche Dokumente demonstrieren durch die bloße Tatsache, daß sie die geistigen Möglichkeiten einer Menschheit in ferner Zukunft exemplifizieren, die Realität des posthistorischen Menschen, da sie diese vorwegnehmen. Diese Hypothese setzt die Aufbewahrung des gesamten Materials, das ich heute im Schließfach deponiert habe, voraus. Wie es die Zeiten überdauern soll, weiß ich nicht. Ich kann nur das Beste hoffen. Sonst hätte meine Erfahrung keinerlei Sinn.«

Er steckte die beschriebenen Blätter in einen Umschlag, versiegelte ihn und ging zur Bank. Während er die Tür absperrte, klingelte das Telefon. Er hörte es noch, als er die Treppe hinunterstieg.

IV

Der Sommer 1955 war ungewöhnlich verregnet, und im Tessin gab es täglich Gewitter. Dennoch konnte Matei sich nicht erinnern, je einen so schwarzen Himmel gesehen zu haben, wie am Nachmittag des 10. Augusts. Als die ersten Blitze sich über der Stadt kreuzten, fiel der elektrische Strom aus. Fast eine halbe Stunde lang folgte Blitzschlag auf Blitzschlag und erweckte den Eindruck einer einzigen, endlosen Explosion. Vom Fenster aus verfolgte Matei besonders die Blitze, die auf den steilen, felsigen Hängen im Westen einschlugen. Schließlich ließ der Platzregen nach, und gegen drei Uhr verschwanden die pechschwarzen Wolken allmählich vom Himmel. In den Straßenlaternen ging bald wieder das elektrische Licht an, und er konnte vom Fenster aus bis zur Kathedrale blicken. Er wartete, bis es gänzlich zu regnen aufhörte, dann stieg er hinunter und machte sich zum Polizeiamt auf.

»Kurz vor Mittag«, fing er in unbeteiligtem, rein informativem Ton an, »sind zwei Damen zum Trento aufgebrochen, entschlossen, ihn zu besteigen. Sie fragten mich nach einer Möglichkeit, die Serpentinen zu umgehen. Ich zeigte ihnen, welche Richtung sie einschlagen sollten, riet ihnen jedoch, den Ausflug aufzuschieben, da sie Gefahr liefen, vom Sturm überrascht zu werden, ehe sie die Schutzhütte in Helival erreichen würden. Sie erwiderten mir, sie wären mit Gewittern in den Bergen vertraut und auf keinen Fall bereit, ihr Vorhaben aufzugeben. Die Ferien gingen bald zu Ende und dann müßten sie heimkehren.«

Der diensthabende Polizist hörte ihm zwar pflichtgemäß zu, schien jedoch nicht sonderlich interessiert.
»Ich kenne die beiden nicht«, fuhr Matei fort, »hörte jedoch, daß die ältere Dame die jüngere mit Veronika ansprach. Als der Sturm losbrach, dürften sie höchstwahrscheinlich auf der Landstraße unter der Bergwand bei Vallino gewesen sein, wo der Blitz am häufigsten eingeschlagen hat. Ich stand am Fenster und habe es gesehen«, fügte er hinzu, als er merkte, daß der Polizist stutzte und ihn geradezu mißtrauisch ansah. »Ich kann mir vorstellen, daß viele Felsbrocken hinabgestürzt sind und befürchte, die beiden könnten getroffen oder sogar unter dem Geröll begraben worden sein . . .«
Er wußte, daß es nicht leicht sein würde, den Polizisten zum Mitkommen zu bewegen.
»Ich würde ein Taxi nehmen und allein hinfahren, um sie zu suchen«, fuhr er nach einer Weile fort. »Aber wenn das geschehen ist, was ich vermute, werden der Fahrer und ich nicht imstande sein, die beiden unter den Steinen hervorzuholen. Wir bräuchten Spitzhakken und Schaufeln dazu.«
Schließlich sah er ein, daß es keine andere Lösung gab, als eben allein hinzufahren. Nötigenfalls würde er vom ersten öffentlichen Telefon den Rettungsdienst anrufen, und dieser würde die Ambulanz schicken und alle weiteren Schritte unternehmen. Als sie sich Vallino näherten, hatte der Himmel sich aufgeheitert, aber die Straße war stellenweise voller Geröll, so daß der Chauffeur ganz langsam fahren mußte.
»Ich glaube kaum, daß sie Zeit hatten, zur Schutzhütte

zu gelangen. Sie dürften in einer Felsspalte Unterschlupf gesucht haben, als das Unwetter losbrach.«
»Manche dieser Felsspalten sind breit wie richtige Höhlen«, sagte der Fahrer. Sie entdeckten beide im gleichen Augenblick die Frau. Wahrscheinlich war sie vor Schreck gestorben, als der Blitz wenige Schritte von ihr einschlug. Es war eine alte Frau mit kurzgeschorenem, grauen Haar. Sie schien nicht von den herabgestürzten Steinen getötet worden zu sein, wiewohl ein Felsbrocken bis zu ihr gerollt war und einen Zipfel ihres Rockes eingeklemmt hatte. Matei glaubte, ein Stöhnen zu hören, und schickte sich an, die Felswand und die Felsen ringsum aufmerksam zu untersuchen.
»Veronika!« rief er mehrmals, während er sich die Felswand entlang vortastete.
Sie hörten beide das Stöhnen, dann mehrmals einen kurzen Aufschrei, worauf ein Schwall ihnen unbekannter, wie in Verzückung hastig gemurmelter Worte folgte. Erst als sie ganz nahe herankamen, begriffen sie, was vorgefallen war. Ein Fels war vor der Höhle, in der Veronika Zuflucht gesucht hatte, herabgestürzt und hatte den Ausgang fast völlig verlegt. Hätten sie Veronika nicht stöhnen und schreien gehört, sie wären nie darauf gekommen, daß sie dort eingeschlossen war. Nur oben, in einer Höhe von über zwei Metern konnte man durch einen Spalt in die Höhle blicken. Matei war mühsam hinaufgeklettert, hatte das Mädchen erblickt, ihr zugewinkt und sie bei ihrem Namen gerufen. Sie sah ihn erschrocken und zugleich beglückt an und versuchte dann aufzustehen.

Sie war nicht verletzt, aber eingezwängt und konnte sich nicht aufrichten.
»Der Rettungsdienst und die Polizei werden bald da sein«, sagte er ihr auf französisch. Und weil das Mädchen ihn ansah, als hätte sie ihn nicht verstanden, wiederholte er den Satz auf Deutsch und Italienisch. Veronika fuhr sich mehrmals mit der Hand über das Gesicht und fing an, zu ihm zu sprechen. Zunächst erkannte er, daß sie in einem Dialekt aus Zentralindien sprach, dann konnte er ganze Sätze in Sanskrit unterscheiden. Er beugte sich zu ihr hinunter und flüsterte ihr zu: *»Shanti! Shanti!«* Dann sagte er einige Segenssprüche vor sich her. Das Mädchen lächelte ihm selig zu und erhob ihre Hand, als wollte sie ihm etwas zeigen.
Er blieb dort, an den Felsen geschmiegt, hörte ihr zu und versuchte von Zeit zu Zeit, sie mit ein paar ihm vertrauten Sanskritbrocken zu beruhigen und zu ermutigen, bis die Ambulanz und der kleine Laster mit den Polizisten kamen. Sie gruben so lange die Erde am Fuße des Felsens auf, bis es ihnen gelang, ihn ein wenig zu verrücken. Nach einer Stunde konnte das Mädchen mit Hilfe einer Strickleiter heraus. Als sie die Polizisten und den Laster erblickte, fing sie erschrokken zu schreien an, faßte Matei an der Hand und klammerte sich an ihn.
»Sie hat einen Schock erlitten und dürfte ihr Gedächtnis verloren haben«, erklärte er verlegen.
»Was spricht sie denn für Sprache?« fragte jemand aus der Gruppe. »Ich vermute, es ist ein indischer Dialekt«, erwiderte Matei vorsichtig.

Aus ihren Identitätspapieren erfuhr man, daß sie Veronika Bühler hieß, eine 25jährige Lehrerin war und in Liestal im Baselland wohnte. Ihre Weggefährtin, Gertrud Frank, war eine Deutsche, die sich seit einiger Zeit in Freiburg niedergelassen hatte und in der Verwaltung eines Verlagshauses als Angestellte arbeitete. Der Autopsiebefund bestätigte die ursprünglichen Annahmen: Ihr Tod wurde durch ein Herzversagen hervorgerufen.

Da Matei der einzige war, der sich mit Veronika verständigen konnte, der einzige, in dessen Gegenwart sie sich ruhig verhielt, verbrachte er einen Großteil seiner Zeit bei ihr in der Klinik. Er schmuggelte ein Tonbandgerät herein und ließ es mehrere Stunden am Tag laufen, besonders wenn sie von sich erzählte. Sie behauptete, Rupini zu heißen und die Tochter von Nagabhata aus der Kaste kshatria zu sein. Ihr Vater stammte angeblich von einer der ersten Familien aus Magadha ab, die zum Buddhismus übergetreten waren. Ehe sie das zwölfte Lebensjahr vollendet hatte, beschloß sie im Einverständnis mit den Eltern, ihr Leben dem Studium des Abhidharma zu widmen und wurde in eine Gemeinschaft der *bhikuni* aufgenommen. Sie hatte Sanskritgrammatik sowie mahayana Logik und Metaphysik gelernt. Die Tatsache, daß sie 50 000 000 *sutra* im Gedächtnis behalten hatte, verschaffte ihr nicht bloß bei den Lehrern und Studenten der berühmten Universität von Nalanda, sondern auch bei vielen Asketen und Kontemplationsmeistern hohes Ansehen. Als sie das vierzigste Lebensjahr vollendete, wurde sie die Jüngerin des berühmten Philosophen Chandrakirti. Sie verbrachte einige Monate im Jahr in einer Höhle, wo sie meditierte und die Werke ihres Meisters abschrieb. Dort behauptete sie auch gewesen zu sein, als der Sturm losbrach und sie den Blitz im Felsmassiv einschlagen hörte, worauf sich mehrere Brocken lösten, wie ein Wildbach herabstürzten und den Eingang der Höhle versperrten. Vergeblich hatte sie herauszukommen versucht. Als sie zu sich kam, erblickte sie ihn plötzlich ganz oben. Er winkte ihr durch den Felsspalt und sprach auf sie ein in einer Sprache, die ihr unbekannt war.

Matei war nicht sicher, sie ganz verstanden zu haben, und auch das Wenige, das er verstanden hatte, behielt er zum großen Teil für sich. Den Ärzten sagte er nur, das Mädchen glaube, sie lebe im achten Jahrhundert in Zentralindien und behaupte, eine buddhistische Einsiedlerin zu sein. Als Folge der Beruhigungsmittel, die man ihr gab, schlief sie ziemlich viel. Es kamen mehrere Ärzte und Psychologen aus Zürich, Basel und Genf, um sie zu untersuchen. Wie zu erwarten, veröffentlichten die Zeitungen jeden Tag Artikel, und die Zahl der ausländischen Korrespondenten, die den Ärzten vor dem Krankenhaus auflauerten, um sie zu interviewen, stieg unaufhörlich.

Zum Glück war die Lösung, an die Matei von Anfang an gedacht hatte, im Begriff, angenommen zu werden. Er hatte gleich am zweiten Tag, nach dem Abhören des Tonbandes mit ihrem autobiographischen Bericht, dem orientalischen Institut in Rom ein langes Telegramm geschickt. Am dritten Tag gab er dann zu der im Telegramm festgesetzten Stunde gewisse autobiographische Details telefonisch durch. Gleichzeitig informierte er einen der nächsten Mitarbeiter von C. G. Jung. Zwei Tage später kam aus Rom Professor Tucci in Begleitung eines Assistenten vom Institut. Zum ersten Mal konnte Rupini sich lange auf Sanskrit über die Madhyamika-Philosophie und besonders über ihren Meister Chandrakirti unterhalten. Alle Gespräche wurden auf Tonband aufgenommen, und zur Information der Ärzte und Zeitungsleute übersetzte der Assistent einige Stellen ins Englische. Peinlich war es Rupinis Gesprächspartnern zumute, sooft sie fragte, was eigentlich geschehen war, wo sie sich befände, weshalb niemand sie verstehe, wiewohl sie mit den Leuten ringsum nicht bloß auf sanskrit, sondern auch in verschiedenen indischen Dialekten zu reden versucht hatte.

»Was sagen Sie ihr?« hatte Matei eines Abends den Professor gefragt.

»Natürlich gemahne ich sie zunächst an *Maya,* die große Zauberin, die kosmische Illusion. Es ist nicht eigentlich ein Traum, sage ich ihr, nimmt aber am illusorischen Charakter des Traumes teil, weil es um die Zukunft geht, also um Zeit; die Zeit aber ist etwas durchaus irreales ... Ich glaube, ich habe sie nicht überzeugt. Zum Glück ist sie jedoch leidenschaftlich an Logik und Dialektik interessiert, und wir diskutieren hauptsächlich darüber ...«

Als Matei eine Reise nach Indien vorschlug, genauer gesagt in die Provinz Uttar Pradesch, wo sich angeblich die Höhle befand, in der Rupini meditiert hatte, war Professor Tucci einverstanden, daß diese Expedition unter der Schirmherrschaft des orientalischen Instituts stattfinden sollte. Die Reisespesen wurden dank C. G. Jungs Fürsprache von einer amerikanischen Stiftung gedeckt. Als dieses Vorhaben bekannt wurde, erklärten sich mehrere Zeitungen bereit, sämtliche Kosten zu tragen unter der Bedingung, daß man ihnen das Exklusivrecht einräume, eine Reportage darüber zu bringen. Publizität zu vermeiden, war schier unmöglich, besonders da man die Zustimmung der Krankenhausdirektion, der indischen Regierung und der Familie von Veronika Bühler einholen mußte. Die Nachforschungen im Liestal hatten jedoch nichts ergeben. Veronika hatte sich erst vor wenigen Jahren in der Stadt niedergelassen. Ihre Freunde und Kollegen wußten nichts über ihre Familie. Man erfuhr dennoch, daß sie in Ägypten geboren war und die Eltern sich geschieden hatten, als sie fünf Jahre alt war. Der Vater war in Ägypten geblieben, hatte wieder geheiratet und kein weiteres Lebenszeichen mehr von sich gegeben. Die Mutter, mit der Veronika sich nie sehr gut verstanden hatte, war in den Vereinigten Staaten ansässig geworden, aber ihre Adresse kannte niemand. Schließlich gab die Leitung der Klinik ihre Einwilligung zur Indienfahrt unter der Bedingung, daß eine Krankenschwester und einer der Ärzte, der sie betreut hatte, die Patientin begleite. Man kam überein, die Patientin einzuschläfern, ehe sie die Klinik verließ, sie sollte weiterschlafen, bis sie in der Nähe von Gorakhpur sein würden.

Von Bombay aus brachte ein Militärflugzeug sie nach Gorakhpur. Dort erwarteten sie sechs mit Journalisten und Technikern beladene Maschinen und ein kleiner Laster des indischen Fernsehens. Sie stiegen zur Grenze Nepals auf bis in die Gegend, wo sich nach Rupinis Angaben die Höhle befinden sollte, in der sie zu meditieren pflegte. Als sie erwachte, befand sich ihr zu Häupten zum Glück außer Matei auch noch ein Pandit aus Uttar Pradesch, ein Kenner der Madhyamika-Philosophie. Der Arzt hatte darauf bestanden, daß alle übrigen sich in einer Entfernung von etwa zehn Metern hinter Bäumen verstecken sollten.

Das Mädchen wandte sich drohend an den Panditen, als hätte sie ihn erkannt; sie stellte ihm mehrere Fragen, wartete jedoch seine Antwort nicht ab. Geradeaus vor sich hinstarrend und ihre Lieblingssprüche vor sich hinmurmelnd, die sie auch in der Klinik so oft wiederholt hatte, betrat sie eilig einen der Pfade. Nachdem sie ihn etwa 20 Minuten hochgestiegen war, fing sie keuchend zu laufen an und wies auf die Kante eines Felsens, der träge an der Bergwand lehnte.

»Hier ist es!« rief sie aus.

Dann hielt sie sich mit beiden Händen am Stein fest und kletterte mit einer Geschwindigkeit, die man ihr nicht zugetraut hätte, hinauf. Oben angelangt, riß sie voller Wucht einen verkümmerten Strauch aus, reinigte die Stelle von Moos und dürren Zweigen, entdeckte einen Spalt, schmiegte erbebend ihr Gesicht an den Stein, blickte in die Höhle hinein, sackte zusammen und blieb reglos liegen.

»Sie ist in Ohnmacht gefallen!« rief jemand von unten aus.
Matei war ihr nachgeklettert.
»Stimmt. Sie ist ohnmächtig!« sagte er, ihren Kopf leicht aufhebend.
Herunterzukommen war viel schwieriger als hinauf. Man ließ die Gruppe der Techniker vor. Sie schafften es und brachten das bewußtlose Mädchen auf einer Tragbahre in den Wagen. Dieser hatte sich bereits etwa 10 Kilometer entfernt, da hörten sie die erste Dynamitladung explodieren. In weniger als einer halben Stunde gelang es ihnen, über eine Strickleiter in die Höhle hinabzusteigen. Beim Schein einer elektrischen Laterne erblickten sie das Skelett; es war zusammengekauert, als hätte der Tod das Mädchen beim Meditieren in einer Yogaposition überrascht. Daneben auf dem Kies: ein irdener Krug, zwei Holzteller und einige Manuskripte; erst als sie diese Gegenstände berührten, erkannten sie, daß sie längst zu Staub geworden waren.

Die Krankenschwester hielt ihn vor der Tür zurück und sagte ihm:
»Sie ist aufgewacht. Aber sie öffnet nicht die Augen ... Sie fürchtet sich ...«
Er trat auf sie zu und legte seine Hand auf ihre Stirn.
»Veronika!« flüsterte er.
Das Mädchen schlug die Augen auf und strahlte übers ganze Gesicht, als sie ihn erkannte. So hatte er sie noch nie gesehen. Sie ergriff seine Hand und versuchte, sich aufzurichten.

»Sie sind es!?« rief sie aus. »Sie kenne ich ja; ich habe Sie heute früh nach dem Weg gefragt ... Aber wo ist Gertrude? Wo ist sie?« wiederholte sie und sah ihm tief in die Augen.

Er wußte von Anfang an, wie übrigens auch alle anderen aus der Gruppe, daß es unmöglich sein würde, Publizität zu vermeiden. Das indische Fernsehen hatte die dramatischsten Szenen aufgenommen, und die Millionen Zuschauer, die sie Sanskrit und einen Himalaja-Dialekt hatten sprechen gehört, sahen am Ende der Reportage, wie sie schüchtern auf englisch erklärte, sie heiße Veronika Bühler und beherrsche nur Deutsch und Französisch wirklich gut; sie waren auch Zeuge, als sie des weiteren erklärte, sie hätte nie versucht, irgendeine orientalische Sprache zu erlernen und hätte bis auf einige populärwissenschaftliche Bücher nichts über Indien und die indische Kultur gelesen. Wie nicht anders zu erwarten, war diese Tatsache ein gefundenes Fressen für das indische Publikum und 24 Stunden später auch für die ganze Weltöffentlichkeit. Eine deutlichere Veranschaulichung der Seelenwanderung konnte es in den Augen der immensen Mehrheit der indischen Intellektuellen nicht geben: Für sie alle stand es fest, daß Veronika Bühler in einem früheren Leben Rupini gewesen war.

»Aber ich glaube ja gar nicht an Seelenwanderung«, hatte sie ihm eines Abends erschrocken zugeflüstert, während sie nach seiner Hand griff. »Das bin nicht ich gewesen! Vielleicht war ich von einem anderen Geist besessen«, fügte sie hinzu und suchte seinen Blick.

Und da er nicht wußte, was er darauf erwidern sollte

und die Antwort hinauszögerte, während er ihre Hand streichelte, senkte Veronika müde ihren Kopf. »Ich fürchte, den Verstand zu verlieren«, sagte sie schließlich.
Sie waren als Gäste der indischen Regierung in einem der luxuriösesten Hotels von Delhi untergebracht. Um nicht von Fotografen, Zeitungsleuten und zudringlichen Neugierigen behelligt zu werden, nahm die ganze Gruppe die Mahlzeiten in einem Speisezimmer ein, das ausschließlich für sie reserviert worden war und gut bewacht wurde. Jeden Tag besichtigten sie Museen und verschiedene Institutionen und trafen mit bedeutenden Persönlichkeiten zusammen. Die Limousinen, in denen man sie hin und her fuhr, wurden von Polizisten auf Motorrädern eskortiert. Sonst wagten sie nicht, ihr Stockwerk zu verlassen, trauten sich nicht einmal auf den Korridor hinaus. Zusammen mit dem Arzt und der Krankenschwester hatten sie einmal nach Mitternacht versucht, hinunterzusteigen, in der Hoffnung, mit einem Taxi das Hotel verlassen und dann einen Spaziergang machen zu können. Aber am Ausgang erwartete sie eine ganze Schar von Menschen, und so waren sie genötigt, unter dem Schutz der Polizisten eiligst umzukehren.
»Ich fürchte, den Verstand zu verlieren«, wiederholte sie von neuem, als sie aus dem Aufzug traten.
Am nächsten Tag gelang es ihm, mit einem amerikanischen Journalisten zu sprechen, der vergeblich versucht hatte, sie bis nach Gorakhpur zu begleiten. Matei versprach ihm, ein Exklusivinterview und anderes unveröffentlichtes Material zu geben, wenn man

ihn und Veronika inkognito auf eine Mittelmeerinsel bringen würde, wo sie beide einige Monate zurückgezogen von aller Welt leben könnten.
»Bis der Ansturm der Fernsehgesellschaften und der Rotationsmaschinen sich legen würde«, fügte er hinzu. »In spätestens einem Jahr wird eh kein Hahn mehr danach krähen, und jeder von uns wird seines Weges gehen können . . .«

Zwei Wochen später wurden sie in einer Villa untergebracht, die nach dem Krieg wenige Kilometer von La Valette auf einer Anhöhe gebaut worden war. Die Vorbereitung und Aufnahme des Interviews zögerten sich jedoch noch länger hinaus, als er erwartet hatte. Veronika wurde allmählich ungeduldig.
»Wir sprechen über so viele Dinge, kommen vom Hundertsten ins Tausendste, doch das Wesentliche – die Seelenwanderung – begreife ich immer noch nicht.«
»Ich werde es Ihnen erklären, wenn wir allein bleiben.«
»Werden wir das jemals?« flüsterte sie.
In Delhi sagte sie ihm eines Abends:
»Als ich die Augen aufschlug und Sie sah, und Sie mir erzählten, was mit Gertrud geschehen ist, dachte ich an zwei Dinge zugleich. Ich sagte mir, daß ich, wiewohl meine beiden Eltern vermutlich noch am Leben sind, ohne Gertrud verwaist bin . . . Und im gleichen Augenblick dachte ich . . . Wäre ich fünf, sechs Jahre älter, und Sie würden um meine Hand anhalten, ich würde es annehmen . . .«

»Ich bin 87 Jahre alt«, scherzte Matei und lächelte.
Da lachte sie zum erstenmal hell auf.
»Das ist ja mehr, als ich haben würde, wenn ich Rupinis Alter zu meinem addieren würde. Aber ich sagte Ihnen schon, ich glaube es nicht. Ich kann es nicht glauben . . .«
»Im gewissen Sinne haben Sie recht. Ich wiederhole jedoch: nur in *gewissem Sinne.* Doch darüber werden wir uns ein andermal unterhalten . . .«
Im Interview hatte er das alles ausgeklammert; er hatte sich damit begnügt, die klassischen indischen Auffassungen von den Upanischaden und bis zu Gautama Buddha zu zitieren. Zugleich hatte er auf einige zeitgenössische Interpretationen, besonders auf die Kommentare von Tucci hingewiesen. Es war ihm gelungen, seine Anonymität zu wahren; er gab sich als junger Orientalist aus, der sich vor kurzem mit Veronika angefreundet hatte. Das fiel ihm schon deshalb nicht schwer, weil er sich seit dem August äußerlich kaum verändert hatte. Er trug immer noch das Haar in die Stirn gekämmt und einen dichten blonden Schnurrbart, der seine Oberlippe ganz bedeckte.
Am Abend, an dem sie auf der Terrasse allein geblieben waren, schob Veronika ihren Liegestuhl an seinen heran.
»Jetzt klären Sie mich aber, bitte, auf . . . Erklären Sie mir vor allem, *woher Sie wußten* . . .«
»Da muß ich aber sehr weit ausholen . . .«, sagte er.

Erst als sie eines Abends, Anfang Oktober, beisammen auf dem Kanapee in der Diele saßen und über die

Terrassenbrüstung die Lichter des Hafens mit den Blicken verfolgten, fielen ihm die Schuppen von den Augen. Er hatte plötzlich den Eindruck, daß Veronika ihn seltsam ansah.

»Du möchtest mir etwas sagen und wagst es nicht. Was gibt's? Schieß los!«

»Ich überlegte nur so: Wir wohnen im gleichen Haus, die Leute sehen uns dauernd zusammen, sie könnten auf den Gedanken kommen, wir wären ein Liebespaar . . .«

Er suchte ihre Hand, nahm sie zwischen die seinen und drückte sie leicht.

»Sind wir es nicht? Wir schlafen im gleichen Zimmer, im gleichen Bett . . . Lieben wir einander nicht, Veronika?«

»Doch«, flüsterte sie.

Dann seufzte sie, lehnte ihre Stirn an seine Schulter und schloß die Augen. Nach einer Weile stand sie jäh auf, betrachtete ihn erstaunt, als erkenne sie ihn nicht und begann in einer Sprache, die ihm völlig fremd klang, zu sprechen. ›*Das also war es!*‹ sagte er sich. ›Deswegen mußte ich sie treffen. Deswegen ist alles so gekommen, wie es kam . . .‹ Sachte, ohne jede Eile, um sie nicht zu erschrecken, ging er ins Büro und holte das Tonbandgerät. Sie fuhr fort, immer hastiger zu sprechen und starrte auf ihre Hände; dann führte sie ihre Armbanduhr ans Ohr und horchte überrascht und zugleich beglückt. Sie strahlte über das ganze Gesicht und schien in Lachen ausbrechen zu wollen, fuhr jedoch plötzlich erschrocken zusammen, stöhnte mehrmals auf und begann, sich die Augen zu reiben.

Wie von Schlaf übermannt, schritt sie taumelig aufs Kanapee zu. Als er sie wanken sah, fing er sie in seinen Armen auf, trug sie ins anstoßende Zimmer, legte sie aufs Bett und deckte sie mit einem Schal zu.

Sie erwachte erst nach Mitternacht.

»Wie habe ich mich doch erschrocken!« flüsterte sie. »Ich hatte einen bösen Traum.«

»Was hast du geträumt?«

»Ich will mich lieber nicht daran erinnern. Ich fürchte, der Schreck fährt mir sonst wieder in alle Glieder. Ich war irgendwo an einem großen Strom und irgend jemand, ein Unbekannter mit einem Kopf wie eine Hundemaske, trat auf mich zu . . . Er hatte in der Hand . . . Doch ich will mich nicht daran erinnern«, wiederholte sie und streckte die Arme nach ihm aus.

Seit jener Nacht ließ er sie nicht mehr allein; er fürchtete, sie könnte plötzlich wieder in einen solchen para-medialen Zustand verfallen. Zum Glück verschwanden der Gärtner und die beiden jungen Malteserinnen, die sich um den Haushalt kümmerten, gleich nach dem Abendessen.

»Erzähl mir noch etwas«, forderte sie ihn jeden Abend auf, sobald sie allein blieben. »Erklär mir! Manchmal tut es mir leid, daß ich mich an nichts erinnere, was Rupini wußte . . .«

Als sie eines Morgens aus dem Garten ins Haus zurückkehrten, fragte sie ihn unvermittelt: »Ist es dir nicht aufgefallen, daß man uns dort am Zaun auflauerte, als wollte man uns nachspionieren? . . .«

»Ich habe nichts bemerkt«, erwiderte er. Wer war es denn?«

Sie zögerte eine Weile und wich seinem Blick aus. »Die beiden seltsam gekleideten Männer. Ich hatte deutlich den Eindruck, daß sie uns dort am Tor nachspionierten. Aber vielleicht täusche ich mich«, sagte sie und strich sich mit der Hand über die Stirn. »Vielleicht hatten sie es gar nicht auf uns abgesehen . . .«
Er faßte sie am Arm und zog sie sachte hinter sich her. »Ich fürchte, du bist zu lange bloßköpfig in der Sonne gewesen«, sagte er und half ihr, sich aufs Kanapee auszustrecken.
›Es ist eine Woche verstrichen‹, sagte er sich, ›ein Siebentagerhythmus also. Das bedeutet, daß alles ein, zwei Monate dauern könnte. Aber was wird dann mit uns geschehen . . .‹
Als er sicher war, daß sie tief schlief, ging er auf den Fußspitzen ins Büro hinüber und kehrte mit dem Tonbandgerät zurück. Eine Zeitlang hörte man nur die Amseln und Veronikas etwas unregelmäßigen Atem. Plötzlich erhellte ein Lächeln ihr ganzes Gesicht. Sie murmelte leise einige Worte vor sich hin, worauf sie angespannt schwieg, als warte sie ängstlich auf eine Antwort, die nicht kam oder die zu hören sie nicht mehr imstande war. Dann fing sie wieder zu sprechen an, leise, als führe sie ein Selbstgespräch, wiederholte mehrmals einzelne Worte mit verschiedenen Intonationen, doch waren sie alle von tiefer Traurigkeit geprägt. Als er sah, wie ihr die ersten Tränen schüchtern über die Wangen rollten, stellte er das Tonbandgerät ab und schob es unter das Kanapee. Dann streichelte er ihr behutsam die Hand und

wischte ihr die Tränen ab. Schließlich trug er sie auf seinen Armen ins Schlafzimmer und blieb an ihrer Seite, bis sie erwachte. Als sie ihn erblickte, griff sie nach seiner Hand und drückte sie gerührt.

»Ich habe geträumt«, sagte sie. »Es war ein sehr schöner, aber sehr trauriger Traum. Er handelte von zwei jungen Leuten wie wir, die einander liebten und dennoch nicht zusammenbleiben konnten. Ich weiß nicht, woran es lag, aber sie durften nicht zusammen bleiben . . .«

Er hatte sich nicht geirrt. Die Anfälle kamen tatsächlich allwöchentlich wieder; sie hatte diese para-medialen ekstatischen Zustände (wie er sie zu benennen pflegte) allerdings zu verschiedenen Tagesstunden. ›Dokumentarmaterial für die Geschichte der Sprache‹, sagte er sich, als er die vier Tonbänder ordnete. ›Nach Ägyptisch und Ugaritisch folgten vermutlich Beispiele von Protoelamitisch und Sumerisch. Wir versenken uns immer tiefer in die Vergangenheit . . . ›Dokumente für die Arche‹, fügte er schmunzelnd hinzu. ›Was würden Linguisten nicht alles hergeben, um diese Sprachen *jetzt* hören zu können! Aber wie weit wird das gehen? Bis zu den unartikulierten Ursprachen? Und dann? . . .‹

Mitte Dezember machte er die seltsamste Erfahrung. Zum Glück war es kurz vor Mitternacht, und sie waren noch nicht eingeschlafen. Plötzlich stieß Veronika gutturale Laute hervor, wie sie vielleicht nur der prähistorische Mensch hervorgebracht hatte. Dieser Urschrei brachte ihn zur Verzweiflung und beschämte ihn zugleich, denn eine innere Stimme sagte ihm, daß eine solche Regression ins Tierische nur an Freiwilligen ausprobiert werden müßte und nicht an einem Menschen, der sich dessen, was mit ihm geschah, nicht bewußt war. Nach einer Weile brachte Veronika indes ungemein vielfältige, klare und an Vokalen reiche Lautbildungen hervor und stieß zwischendurch kurze Labiallaute aus, wie er sie einer Europäerin nie zugetraut hätte. Nach einer halben Stunde schlief Veronika seufzend ein. ›Damit wird es sein Bewenden haben‹, sagte er sich, stellte das Tonbandgerät ab und wartete eine Weile. Er wollte aufbleiben und nicht von ihrer Seite weichen, bis sie erwachen würde. Er ging spät zu Bett, der Morgen graute bereits.

Als er kurz vor acht erwachte, schlief Veronika noch, und er brachte es nicht übers Herz, sie zu wecken. Sie schlief fast bis elf Uhr vormittags. Als sie erfuhr, daß es schon so spät war, sprang sie erschrocken aus dem Bett.

»Was ist mit mir los?« fragte sie.

»Gar nichts, du warst vermutlich sehr müde. Vielleicht hast du auch böse Träume gehabt . . .«

»Nein. Ich habe nichts geträumt. Jedenfalls erinnere ich mich an nichts.«

Sie beschlossen, den Heiligen Abend und die Silvesternacht in einem bekannten Restaurant in La Valette zu verbringen. Veronika hatte den Tisch für Monsieur et Madame Gerald Verneuil bestellt. Der Name war ihre Erfindung, und sie hatte auch die Kostüme für den Silvester-Ball gewählt.

»Dort riskieren wir nicht, erkannt zu werden«, sagte

sie ihm, »wenn unsere Fotografien auch diesen Herbst vermutlich in allen Illustrierten auf dem Titelblatt prangten.«
»Dessen kannst du sicher sein«, unterbrach er sie, »und sie werden noch weitere Fotografien bringen ...«
Sie fing zu lachen an, war irgendwie eingeschüchtert und dennoch glücklich. »Ich würde sie auch gerne sehen. Ich meine die Fotografien in den Illustrierten. Ich würde auch gerne welche als Andenken haben. Aber vielleicht ist es zu riskant, sie zu suchen.«
»Ich werde es tun ...«
Aber wiewohl er an mehreren Kiosken und in Buchhandlungen Ausschau hielt, fand er bloß in einer einzigen italienischen Illustrierten drei Aufnahmen von Veronika, die alle in Indien gemacht worden waren.
»Findest du nicht, daß ich damals, vor drei Monaten, jünger und hübscher aussah?« fragte sie.
Wenige Wochen später erkannte er, daß Veronika recht hatte. Seit einiger Zeit sah sie nicht mehr so jung aus. ›Daran sind wohl die Unterlagen für die Arche schuld‹, sagte er sich. ›Die para-medialen Ekstasen haben sie erschöpft.‹
»Ich bin ewig müde und begreife nicht weshalb«, hatte sie ihm eines Morgens gestanden. »Ich tue nichts und fühle mich dennoch so ausgelaugt.«
Anfang Februar gelang es ihm, sie zu überzeugen, in La Valette einen Arzt aufzusuchen. Nach der Konsultation warteten sie beide ungeduldig auf das Ergebnis der zahlreichen Analysen.

»Die Dame leidet an keinerlei Krankheit«, versicherte ihm der Arzt, sobald er mit ihm allein geblieben war. »Ich werde ihr dennoch zur Stärkung eine Reihe von Spritzen verschreiben. Es könnte auch einfach Nervosität sein, wie sie bei manchen Frauen kurz vor dem Klimakterium auftritt.«

»Für wie alt halten Sie sie eigentlich?«

Der Arzt errötete und rieb sich verlegen die Hände. Dann zuckte er die Achseln. »Um die vierzig«, sagte er schließlich, wobei er Mateis Blicken auswich.

»Und dennoch versichere ich Ihnen, daß sie nicht gelogen hat, als sie Ihnen sagte, sie wäre noch nicht sechsundzwanzig Jahre alt.«

Die Wirkung der Spritzen ließ auf sich warten. Veronika fühlte sich jeden Tag matter; Matei überraschte sie häufig, wie sie nach einem Blick in den Spiegel zu weinen anfing. Als er einmal in den Park ging, hörte er hastige Schritte hinter sich und wandte sich um. *»Professore«*, flüsterte ihm die Köchin erschrocken zu, *»la Signora ha il mal'occhio!«*

›Das hätte mir von Anfang an klar sein müssen‹, sagte er sich. ›Wir haben beide unsere Pflicht getan, und nun ist es an der Zeit, auseinanderzugehen. Und da kein treffendes Argument gefunden werden konnte, außer einem tödlichen Unfall oder einem Selbstmord, wurde ein Prozeß galoppierender Altersschwäche gewählt.‹

Dennoch wagte er erst, es ihr zu sagen, als sie ihm eines Morgens ihr Haar zeigte; sie war über Nacht ergraut und weinte darüber, an die Wand gelehnt und das Gesicht in die Hände vergraben. Er kniete neben ihr hin.

»Veronika, ich bin schuld. Höre zu und unterbrich mich nicht. Wenn ich noch länger an deiner Seite bleibe, wirst du bis zum Herbst verlöschen! Mehr darf ich dir nicht sagen, ich habe kein Recht dazu, aber ich versichere dir, daß du in Wirklichkeit, *nicht gealtert bist!* Sobald ich aus deinem Leben verschwinden werde, wirst du deine Jugend und Schönheit wiedererlangen . . .«
Veronika griff erschrocken nach seiner Hand und begann, sie zu küssen.
»Verlaß mich nicht!« flüsterte sie.
»Hör zu! Ich flehe dich an, hör mir noch zwei, drei Minuten zu. Auf mir lastet ein Fluch, daß ich alles, was mir lieb ist, verlieren muß. Ich ziehe es jedoch vor, dich so jung und schön zu verlieren, wie du warst und ohne mich wieder sein wirst, als dich in meinen Armen dahinsiechen zu sehen . . . Höre mir zu! Ich werde fortgehen, und wenn du drei, vier Monate danach nicht wieder aussiehst wie heuer im Herbst, kehre ich zurück. Sobald du mir ein Telegramm schickst, kehre ich zurück. Ich bitte dich bloß, drei, vier Monate fern von mir abzuwarten . . .«
Am nächsten Tag erklärte er ihr in einem langen Brief, warum er nicht mehr das Recht haben würde, an ihrer Seite zu bleiben, sobald sie ihr jugendliches Aussehen wiedererlangt hätte. Und da Veronika sich allmählich überzeugen ließ, es zu versuchen, beschlossen sie, die Villa zu verlassen. Sie sollte die ersten Wochen in einem von Nonnen geführten Erholungsheim verbringen, und er das Flugzeug nach Genf besteigen.
Nach drei Monaten erhielt er folgendes Telegramm:

»Hattest recht. Werde dich bis an mein Lebensende lieben. Veronika.« Er antwortete: »Wirst glücklich sein. Leb wohl.«

In derselben Woche reiste er nach Irland ab.

Jetzt, da er nicht mehr den Haarschnitt der Vorromantiker hatte und keinen blonden Schnurrbart mehr trug, fürchtete er nicht mehr, erkannt zu werden. Übrigens verkehrte er nach der Rückkehr aus Malta in anderen Kreisen, kam mit Linguisten und Literaturkritikern zusammen. Manchmal wurde im Verlauf des Gesprächs der Fall Veronika-Rupini erwähnt; nach den Fragen, die er dann stellte, mußten die anderen annehmen, daß er kaum darüber Bescheid wußte, beziehungsweise falsch informiert worden war. Im Sommer 1956 erklärte er sich bereit, an einer Dokumentarschrift über James Joyce mitzuarbeiten. Er willigte ein, weil dieses Vorhaben ihm eine Reise nach Dublin ermöglichte, eine der wenigen Städte, die ihn wirklich interessierte. Seither fuhr er vor Weihnachten oder zu Beginn des Sommers fast jedes Jahr wieder hin.

Erst bei seinem fünften Besuch, im Juni 1960 lernte er Colomban kennen. Er traf ihn eines Abends, als er zufällig ein hinter der O'Connell-Straße gelegenes *Pub* aufsuchte. Als Colomban ihn erblickte, trat er gleich auf ihn zu, griff mit beiden Händen nach seiner Hand und schüttelte sie ihm voller Wärme. Dann lud er ihn an seinen Tisch.

»Seit wann ich Sie doch erwarte!« rief er pathetisch, fast theatralisch aus. »Es ist das fünfte Mal, daß ich eigens herkomme, um Sie zu treffen.«

Er war ein Mann unbestimmten Alters, sommersprossig, halb kahl, mit kupferfarbigem Backenbart, der im Kontrast stand zu seinem hellblonden Kopfhaar.

»Wenn ich Ihnen sagen würde, daß ich Sie kenne, daß ich *ganz genau weiß,* wer Sie sind, werden Sie es mir nicht glauben. So will ich denn darüber keine Worte verlieren ... Da ich jedoch wahrscheinlich auch dazu verurteilt bin, hundert Jahre alt zu werden, möchte ich Sie bloß fragen: *Was fangen wir mit der Zeit an?* Ich will gleich deutlicher werden ... Oder stellen wir diese Frage lieber Stephens«, fügte er hinzu, als Matei fortfuhr, sich in Schweigen zu hüllen und ihn nur lächelnd musterte. Darauf sprang er vom Tisch auf, kehrte mit einem mageren, nachlässig gekleideten jungen Mann zurück. Der reichte Matei die Hand, setzte sich ihm gegenüber auf einen Stuhl und sagte schüchtern, jedes seiner Worte betonend: »Sie dürfen Colomban seine Schrullen nicht übelnehmen. Da er meine Diktion offenbar für besser hält als die seine, verlangt er immer wieder, daß ich die Frage stelle: ›Was fangen wir mit der Zeit an?‹ Er glaubt nämlich entdeckt zu haben, daß diese Frage die äußerste Doppeldeutigkeit der *conditio humana* zum Ausdruck bringt, denn einerseits wollen die Menschen – *alle Menschen!* – lange leben, wenn möglich über hundert Jahre; langweilen sich jedoch in ihrer überwiegenden Mehrheit, sobald sie das 60. oder 65. Lebensjahr erreicht haben, in Pension gehen und frei sind zu tun, was ihnen beliebt. Andererseits beschleunigt die innere Zeit, in dem Maße, als der Mensch älter wird, ihren Rhythmus, so daß es den wenigen, die ihre freie Zeit

zu nützen wüßten, nicht gelingt, weiß Gott was zu vollbringen ... Dazu kommt schließlich noch ...«
Colomban faßte ihn am Arm und unterbrach ihn.
»Das genügt für heute, deine Worte klingen nicht sehr überzeugend. Früher einmal pflegtest du meine These besser vorzubringen.«
Dann wandte er sich an Matei und fügte hinzu:
»Auf das Problem der Zeit werden wir noch zurückkommen. Vorderhand würde ich gern wissen, ob Sie schon diesen Artikel zu Gesicht bekommen haben?«
Darauf reichte er ihm ein Blatt aus einem amerikanischen Magazin.
Matei las: »Er sprach manchmal von einer neuen Lebensqualität, behauptete steif und fest, daß jeder von uns sie entdecken kann und *muß*. Kaum aufgewacht, wurde er von einer Freude überflutet, die er nicht zu beschreiben vermochte; es war zweifellos Lebensfreude, Freude über sein eigenes Wohlergehen, aber auch über die Tatsache, daß es andere Menschen gab, daß die Jahreszeiten einander ablösten und kein Tag dem anderen glich, daß er Bäume und Blumen sehen und Tiere streicheln konnte. Auf der Straße hatte er, auch wenn er nicht ringsumher blickte, das Gefühl, einer riesigen Gemeinschaft anzugehören, ein Teil der Welt zu sein. Er betrachtete selbst Häßliches wie eine Müllgrube oder einen Autofriedhof mit verklärten Augen.«
»Hochinteressant«, erklärte Matei, als er die Spalte zu Ende gelesen hatte. »Aber es dürfte noch eine Fortsetzung geben ...«
»Gewiß. Es ist ein ganzer Artikel, ein ziemlich langer.

Er trägt den Titel: ›Der siebzigjährige Jüngling‹ und ist von Linda Gray unterzeichnet.«
Matei versuchte nicht, aus seiner Überraschung einen Hehl zu machen.
»Ich wußte gar nicht, daß sie zu schreiben angefangen hat«, sagte er lächelnd.
»Sie schreibt schon lange und sogar sehr gut«, fuhr Colomban fort. »Aber ich wollte mich vergewissern, ob ich richtig verstanden habe: Die Langlebigkeit ist *nur* erträglich, ja sogar interessant, unter der Voraussetzung, daß man die Technik heraus hat, sich über die einfachen Dinge des Lebens zu freuen . . .«
»Ich glaube nicht, daß es sich um eine Technik handelt«, unterbrach Matei ihn lächelnd.
»Da muß ich Ihnen aber bei allem Respekt widersprechen. Kennen Sie abgesehen von taoistischen Einsiedlern, Zen-Meistern oder gewissen Yogi und christlichen Mönchen noch andere Beispiele von Hundertjährigen oder quasi-Hundertjährigen, die eines solchen von Linda Gray beschriebenen Glücksgefühls fähig wären?«
»Es gibt Beispiele genug. Freilich sind es hauptsächlich Bauern, Hirten, Fischer, mit einem Wort: einfache Leute. Sie verfügen nicht über eine ausgesprochene Technik. Aber natürlich halten sie eine gewisse geistige Disziplin: beten, meditieren . . .«
Er hielt jäh inne, als ein älterer, völlig kahler Herr, der aus einer langen Bernsteinspitze rauchte, an ihren Tisch trat und sich an Colomban mit den Worten wandte:
»Das Problem ist in dem einen wie in dem anderen

Fall das gleiche: ohne die neue Lebensqualität, von der Linda Gray spricht, ist die Langlebigkeit eine Last und kann sogar zum Fluch werden. *Und was fangen wir in diesem Fall an?*«

»Das ist Dr. Griffith«, stellte Colomban den Mann vor. »Er war auch mit uns zur Stelle, als es geschah . . .«

Er hielt inne und sah zu Griffith auf.

»Es wäre vielleicht gut, den Herrn aufzuklären, ihm zu sagen, wovon die Rede ist.«

Der Doktor hatte sich hingesetzt und fuhr fort zu rauchen, während er seinen Blick auf eine vergilbte Chromolithographie heftete.

»Erzählen Sie ihm doch«, sagte er schließlich. »Aber fangen Sie mit dem Wesentlichen an. Worauf es ankommt«, präzisierte er, »ist nicht Brans Biographie sondern die Bedeutung des Hundertjährigen . . .«

Colomban erhob beide Arme, als wollte er ihn unterbrechen und ihm zugleich zustimmen.

»Wenn Sie noch ein Wort hinzufügen, Doktor, werde ich mit dem Schluß anfangen müssen . . .«

Dann wandte er sich Matei zu und sah ihn, wie es Matei schien, irgendwie herausfordernd an.

»Wiewohl Sie den Ruf haben, allwissend zu sein, bin ich sicher, daß Sie über Sean Bran nichts wissen. Selbst hier in Dublin erinnern sich nur noch wenige an ihn. Er war ein Dichter und zugleich ein Magier und Revolutionär, eher ein Irredentist. Er starb im Jahre 1825, und dreißig Jahre später, im Juni 1855 enthüllten seine Bewunderer – damals hatte er noch genug Bewunderer – auf einem Square ein ihm zu Ehren errichtetes Denkmal, eine mittelmäßige Büste, die auf einem Meeresfelsen als Sockel ruhte. Am gleichen Tag pflanzten sie ungefähr drei Meter hinter der Statue eine Eiche.«

»Es war am 23. Juni 1855«, präzisierte Dr. Griffith.

»Genau. Und vor fünf Jahren veranstalteten wir beide, die letzten Bewunderer des *Dichters* und *Magiers* Sean Bran, eine Gedenkfeier auf dem Square, der seinen Namen trägt. Wir hofften, Bran würde bei dieser Gelegenheit wieder aktuell werden. Wir machten uns Illusionen, denn die wenigen, die heute noch seine Gedichte schätzen, können seine Ideen und magischen Praktika nicht gutheißen, und die politischen Aktivisten, diejenigen, die seinen Irredentismus bewundern . . .«

»Sie haben das Wesentliche vergessen«, unterbrach ihn der Doktor, »Sie haben James Joyce zu erwähnen vergessen.«

»Das ist sehr wichtig«, warf Stephens ein.

»Stimmt«, gab Colomban zu. »Hätten die Hoffnungen, die wir in *Finnegans Wake* setzten, sich erfüllt, so wäre Sean Bran heute ein berühmter Name. Denn wie Sie wohl wissen, wird alles, was mit dem Leben und dem Werk des großen Mannes in Zusammenhang steht, in die Ewigkeit eingehen. Einer mündlichen Überlieferung zufolge, deren Herkunft wir noch nicht feststellen konnten, soll Joyce in *Finnegans Wake* eine Reihe von Anspielungen auf Brans Ästhetik und vor allem auf dessen Auffassungen über Magie gemacht haben. Die gleiche Überlieferung behauptet, James Joyce hätte es abgelehnt, näher darauf einzugehen, den Kontext oder wenigstens die Seiten anzugeben, in denen sich angeblich jene Anspielungen befinden. Jahrelang bemühten einige von uns sich, die Stellen zu finden, kamen jedoch bisher zu keinem Ergebnis. Sollte die Überlieferung zuverlässig sein, so dürften diese Anspielungen in den 189 Seiten von *Finnegans Wake* verschlüsselt stecken und harren erst ihrer Enträtselung ...«

»Erst als wir uns genötigt sahen, diese Niederlage zuzugeben«, unterbrach Dr. Griffith ihn, »entschlossen wir uns zu der Hundertjahrfeier ... Vielleicht war es ein Fehler, *das hundertjährige Bestehen einer Statue* zu feiern statt eine Gedenkfeier biographischer Natur zu veranstalten.«

»Jedenfalls waren wir uns, sobald wir uns am Square versammelt hatten, darüber im klaren«, fuhr Colomban fort, »daß uns ein unwiderrufliches Fiasko erwartete. Es war ein heißer Vormittag ...«

»Am 23. Juni«, präzisierte Dr. Griffith.

»Ein heißer Vormittag«, wiederholte Colomban, »und am frühen Nachmittag war der Himmel bleiern. Selbst die paar Zeitungsleute, die uns ihre Unterstützung zugesagt hatten, konnten sich nicht entschließen zu bleiben. Die wenigen Zuschauer verzupften sich, sobald sie das Grollen des Donners vernahmen und die ersten Tropfen fielen. Als das Gewitter losbrach, waren nur noch wir sechs geblieben, von denen die Initiative der Gedenkfeier ausgegangen war.«

Der Doktor stand jäh auf.

»Ich glaube, es ist an der Zeit, uns zum Square zu begeben«, sagte er. »Es ist nicht weit.«

»Wenn wir ein Taxi finden, nehmen wir es dennoch«, fügte Colomban hinzu.
Sie fanden es, ehe sie ans Ende der Straße gelangten.
»Es waren also nur wir sechs geblieben«, fuhr Colomban fort. »Und da es wie mit Scheffeln goß, flüchteten wir uns unter die Eiche ...«
»Auf einmal«, unterbrach Matei ihn lächelnd, »natürlich ganz unvermittelt ...«
»Ja. Plötzlich, wir waren gar nicht darauf gefaßt, dachten, das Gewitter hätte sich bereits verzogen und in der Hoffnung, der Himmel würde sich bald aufheitern und wenigstens ein Teil der Eingeladenen zurückkehren, fragten wir uns, ob wir in fünf bis zehn Minuten die Reden würden halten können, die in unseren Taschen steckten.«
»Ja«, unterbrach Dr. Griffith ihn, »da schlug plötzlich der Blitz in die Eiche ein und setzte sie von oben bis unten in Flammen.«
»Und keiner von uns sechs wurde getroffen«, fuhr Stephens fort. »Ich spürte bloß eine starke Hitze, eine Glut, denn der Baum brannte ja lichterloh ...«
»Und dennoch brannte er nicht ganz ab«, nahm Colomban den Faden des Gesprächs wieder auf. »Denn wie Sie sehen«, fügte er hinzu, nachdem er dem Fahrer gezahlt hatte und aus dem Taxi gestiegen war, »ist noch ein Teil des Baumstammes übriggeblieben ...«
Sie gingen ein paar Schritte vor und blieben vor dem Gitter stehen, das rings um das Denkmal verlief. Das Denkmal war nicht angestrahlt, konnte beim Schein der Laternen jedoch ganz gut gesehen werden. Der etwas schief aufwärts strebende Felsen war beeindruk-

kend, und die Büste hatte eine edle, fast melancholische Patina angelegt. Dahinter zeichnete sich der dicke, verstümmelte Stamm der Eiche ab. Neben einigen zartgrünen Zweigen konnte man ziemlich deutlich große, verkohlte Abschnitte unterscheiden.
»Wie kommt es, daß man sie so stehen ließ?« fragte Matei ganz aufgewühlt. »Wie kommt es, daß man sie nicht gefällt und einen anderen Baum an ihre Stelle gepflanzt hat?«
Colomban lachte ironisch auf und rieb sich nervös den Backenbart.
»Vorläufig betrachtet die Stadtverwaltung auch sie, ich meine die Eiche, als historisches Denkmal. Sean Bran ist nicht populär geworden, aber diese Geschichte, die Geschichte der Eiche, die der Blitz *genau* am Tag, da sie hundert Jahre alt wurde, getroffen hat, wurde allgemein bekannt ...«
Sie schritten langsam ums Gitter herum.
»Begreifen Sie nun«, fuhr Colomban fort, »weshalb uns das Problem der Zeit so sehr interessiert? Es heißt, und ich bin überzeugt, daß es wahr ist – mein Vater kannte mehrere Fälle – es heißt, diejenigen, die unter einem Baum Schutz suchen und mit heiler Haut davonkommen, wenn der Baum vom Blitz getroffen wird, leben hundert Jahre ...«
»Ich wußte bisher nichts davon«, sagte Matei, »aber es leuchtet mir durchaus ein.«
Von hinten gesehen machte der Meeresfelsen mit dem drei Meter hohen, abgeschälten, verkohlten Baumstamm, an dem dennoch einige Zweige lebendig waren, einen so starken Eindruck auf ihn, daß er sich bei

den anderen entschuldigte und umkehrte, um ihn nochmal zu betrachten.
»Was ich merkwürdig finde«, brach der Doktor schließlich das Schweigen, als sie wieder vor der Statue standen, »merkwürdig und traurig zugleich, ist die Tatsache, daß die Polizei am nächsten Tag unter dem Sockel versteckt eine Sprengladung entdeckte. Hätte es nicht geregnet, das Dynamit wäre während der Ansprache explodiert und hätte die Statue zerstört oder jedenfalls beschädigt.«
Matei hörte ihm erregt zu, hielt im Gehen inne und sah den Doktor groß an.
»Aber weshalb nur?« fragte er, die Stimme senkend. »Wer konnte daran interessiert sein, ein historisches Denkmal zu zerstören?«
Dr. Griffith und Colomban wechselten einen vielsagenden Blick und schmunzelten.
»Viele«, erwiderte Stephens. »Zunächst einmal die Irredentisten, die empört waren, daß manche Dichter, Philosophen und Okkultisten dem Revolutionär Bran huldigten und ihn für sich in Anspruch nahmen.«
»Zweitens«, griff Colomban Stephens ins Wort, »die Kirche, genauer gesagt, die Ultra-Montanisten und Obskurantisten, die in Sean Bran den Prototypen des satanischen Magiers sehen, was absurd ist, denn Bran setzte die Tradition der renaissancistischen Magie, die Auffassung von Pico und G. B. Porta fort . . .«
»Es hat keinen Sinn, auf Einzelheiten einzugehen«, unterbrach ihn Griffith. »Fest steht jedenfalls, daß die ekklesiastische Hierarchie nicht gewillt ist, ihn anzunehmen.«

Sie gingen nun alle vier mitten auf der verödeten, schwachbeleuchteten Straße.

»Doch, um auf das Wesentliche, auf unser Problem zurückzukommen«, nahm Colomban den Faden des Gesprächs wieder auf, »was fangen wir mit der Zeit an, wenn wir verurteilt sind, hundert Jahre zu leben?«

»Ich ziehe es vor, ein andermal darüber zu diskutieren«, unterbrach ihn Matei. »Morgen, wenn Sie wollen, oder übermorgen. Wir können uns ja gegen Abend in einem öffentlichen Garten oder in einem Park treffen . . .«

Er hatte sich bereit erklärt, sie wiederzusehen, hauptsächlich weil er erfahren wollte, für wen Colomban ihn hielt. Colomban hatte sich plötzlich an ihn gewandt, als wäre er für *Finnegans Wake* zuständig. Andererseits hatte Colomban den Zeitungsausschnitt aufbewahrt, in dem der Artikel über den ›Siebzigjährigen Jüngling‹ stand, und wußte, wer Linda Gray war, wußte, welches Ansehen sie als Autorin genoß. Stephens begleitete ihn bis vor das Hotel. Beim Abschied sagte er ihm, nachdem er sich mehrmals nach allen Seiten umgesehen hatte:

»Colomban ist ein Pseudonym. Sie sollten wissen, daß er zusammen mit Dr. Griffith schwarze Magie betreibt. Fragen Sie die beiden doch, was mit den anderen drei geschehen ist, die sich dort neben uns unter der Eiche befanden, als der Blitz einschlug. Und fragen Sie sie auch nach dem Titel des Buches, das sie zusammen schreiben. Ich will ihn Ihnen nennen: *Die Theologie und Dämonologie der Elektrizität* . . .«

Der Titel hatte ihm gefallen. Er notierte ihn in sein geheimes Notizbuch, nachdem er seine Eindrücke über die erste Begegnung mit den dreien zusammengefaßt und versucht hatte, die Bedeutung des Vorfalls vom 23. Juni 1955 klarzustellen. Die Tatsache, daß die Explosion, die aus politischen Motiven eine Statue in die Luft sprengen sollte, durch den Regen zunichte gemacht und vom Blitz ersetzt wurde, der die hundertjährige Eiche in Brand steckte, gab ihm keine Ruhe. Die Präsenz des Dynamits war ein für die gegenwärtige Epoche kennzeichnendes Element. So gesehen, kam der Vorfall ihm wie eine Parodie, geradezu wie eine Karikatur der Epiphanie der Blitze vor. Dennoch blieb die Substitution des Gegenstandes – die Eiche an Stelle der Statue – rätselhaft. Doch nichts von all dem, was er bei den folgenden drei Begegnungen erfuhr, trug dazu bei, das Geheimnis zu lüften.

Er erinnerte sich an den Titel vier Jahre später, im Sommer 1964, als ein junger Mann bei einem Kolloquium über das *Mysterium Conjuntionis* von Jung in die Diskussion eingriff und den Anwesenden die »Eschatologie der Elektrizität« ins Gedächtnis rief. Er gemahnte sie zunächst an den Zusammenschluß der Gegensätze zu einem einzigen Ganzen, ein psychologischer Prozeß, der, wie er sagte, im Lichte der indischen und chinesischen Philosophie gesehen werden muß. In der Auffassung des Wedanta ebenso wie des Taoismus heben die Gegensätze einander auf, wenn sie von einer gewissen Perspektive aus betrachtet werden, Gut und Böse verlieren ihren Sinn, und im Absoluten deckt Sein sich mit Nichtsein. »Was jedoch niemand auszusprechen wagt«, hatte der junge Mann fortgesetzt, »ist die Tatsache, daß vom Standpunkt dieser Philosophie, die Atomkriege, wenn auch nicht rechtfertigt, so zumindest akzeptiert werden müssen. Ich aber gehe sogar weiter: Ich rechtfertige die nuklearen Weltbrände im Namen der Eschatologie der Elektrizität!« hatte er hinzugefügt.

Der Tumult, der dabei im Saal losbrach, zwang den Vorsitzenden, ihm das Wort zu entziehen. Nach wenigen Minuten verließ der junge Mann den Saal. Matei ging ihm nach und holte ihn auf der Straße ein.

»Ich bedauere, daß Sie daran gehindert wurden, Ihren Standpunkt weiter zu erläutern. Mich persönlich hat die Bezeichnung ›Eschatologie der Elektrizität‹ sehr interessiert. Worauf bezogen Sie sich eigentlich?«

Der junge Mann maß ihn mit einem mißtrauischen Blick und zuckte die Achseln.

»Ich habe jetzt keine rechte Lust zum Diskutieren«, sagte er. »Die Feigheit des zeitgenössischen Denkens treibt mich zur Verzweiflung. Ich ziehe es vor, ein Bier zu trinken . . .«

»Wenn Sie gestatten, begleite ich Sie.«

Sie setzten sich auf die Terrasse eines Cafés. Der junge Mann machte aus seinem gereizten Zustand keinen Hehl.

»Ich bin wahrscheinlich der letzte europäische Optimist«, setzte er zum Sprechen an. »Wie alle Welt weiß auch ich, was uns erwartet: Die Wasserstoffbombe, die Kobaltbombe und alles übrige. Im Unterschied zu den anderen versuche ich aber, in dieser bevorstehenden Katastrophe einen Sinn zu sehen und mich somit mit ihr abzufinden, wie uns der alte Hegel lehrt. Der wahre Sinn der Kernkatastrophe kann nur in der Mutation der menschlichen Spezies, im Erscheinen des Übermenschen bestehen. Ich weiß, die Atomkriege werden Völker und Zivilisationen zerstören und einen Teil unseres Planeten in Wüste verwandeln. Dies ist jedoch der Preis, der bezahlt werden muß, damit wir die Vergangenheit radikal liquidieren und die Mutation, das heißt das Auftauchen einer dem heutigen Menschen überlegenen Spezies erzwingen. Nur eine in wenigen Stunden oder wenigen Minuten entladene enorme Quantität von Elektrizität wird die psychische und geistige Struktur des unglückseligen *homo sapiens,* der bisher die Geschichte beherrschte, verändern können. Halten wir uns die unbegrenzten Möglichkeiten des post-historischen Menschen vor Augen, so wird der Wiederaufbau einer planetarischen Zivilisation in einer Rekordzeit verwirklicht werden können. Freilich werden bloß einige Millionen Individuen überleben. Aber sie werden einige Millionen Übermenschen sein. Deswegen gebrauchte ich die Bezeichnung: Eschatologie der Elektrizität; sowohl das *Ende* als auch *die Rettung des Menschen* werden durch Elektrizität bewirkt werden.« Er hielt inne und leerte sein Bierglas, ohne Matei anzusehen.

»Aber wieso sind Sie so sicher, daß die bei den Kernexplosionen entladene Elektrizität eine Mutation höherer Art erzwingen wird?« fragte Matei. »Sie könnte ja auch eine Regression der menschlichen Spezies hervorrufen.«

Der junge Mann wandte sich jäh um und sah ihn streng, ja fast wütend an.
»Ich bin gar nicht *sicher*, aber *ich will* glauben, daß es so sein wird. Sonst hätte weder das Leben des Menschen noch seine Geschichte einen Sinn. Wir werden sonst genötigt, den Gedanken der kosmischen und historischen Zyklen, den Mythos der ewigen Wiederkehr zu akzeptieren . . . Außerdem ist meine Hypothese nicht bloß das Ergebnis der Verzweiflung; sie gründet sich auf Tatsachen. Ich weiß nicht, ob Sie von den Experimenten eines deutschen Gelehrten, Dr. Rudolf, gehört haben?«
»Zufällig ist mir etwas darüber zu Ohren gekommen. Aber seine Tierversuche mit elektrischen Schlägen sind nicht stichhaltig . . .«
»So heißt es«, unterbrach ihn der junge Mann. »Da Rudolfs Archiv jedoch fast zur Gänze verschwunden ist, können wir schwer darüber urteilen. Solange dieses Geheimarchiv jedenfalls eingesehen werden konnte, fand man dort keinerlei Hinweis auf eine biologische Regression. Andererseits haben Sie gewiß Ted Jones' Roman ›Die Verjüngung durch den Blitz‹ gelesen.«
»Nein. Ich wußte gar nicht, daß es ihn gibt . . .«
»Wenn Sie sich für dieses Problem interessieren, sollten Sie das Buch lesen. Der Autor gibt im Vorwort zu verstehen, daß der Roman sich auf reale Tatsachen gründet, bloß die Nationalität und die Namen der Gestalten wurden geändert.«
»Und worüber handelt der Roman?« fragte Matei lächelnd.

»Jones beschreibt die Regenerierung und Verjüngung eines Alten, der vom Blitz getroffen wurde. Ein bezeichnendes Detail: Der Blitz schlug mitten aufs Schädeldach ein. Die Romanfigur, die es, ich wiederhole, wirklich gibt, sieht bei achtzig nicht älter als ein Dreißigjähriger aus. Somit sind wir zumindest einer Sache sicher: In gewissen Fällen ruft eine hohe Dosis von Elektrizität eine völlige Regenerierung des menschlichen Körpers, also eine Verjüngung hervor. Leider gibt der Roman bezüglich der psychischen und geistigen Veränderung dieses Menschen keine genauen Hinweise. Er spielt lediglich auf eine Hypermnesie an. Aber Sie können sich vorstellen, welch radikale Veränderung die von Dutzenden oder Hunderten von Wasserstoffbomben entladene Elektrizität hervorrufen wird.«
Als Matei sich vom Tisch erhob und ihm dankte, sah der junge Mann ihn zum erstenmal mit Interesse, ja sogar voller Sympathie an. Zu Hause angekommen, schrieb Matei in sein Notizbuch: »18. Juni 1964. Eschatologie der Elektrizität. Ich kann, glaube ich, hinzufügen: *Finale*. Ich kann mir nicht denken, daß ich noch Gelegenheit haben werde, ebenso interessante Vorfälle und Begebenheiten aufzuzeichnen.«

Und dennoch notierte er später, am 10. Oktober 1966: »Evakuierung des gesamten Materials. Ich erhalte einen neuen Paß.« Früher einmal hätte er über diese beiden Episoden aus seinem Leben ausführlicher berichtet. Besonders über die wunderbare und mysteriöse Transferierung seiner Unterlagen. Die Bank hatte ihm das Schreiben einer Luftfahrtgesellschaft zukommen lassen, die ihn unterrichtete, daß die Kosten für den Transport der Schachteln mit den Manuskripten und Phonogrammen bereits in der Filiale von Honduras beglichen worden waren. Wie vorher abgemacht, würde einer ihrer Genfer Angestellten ihn zu Hause aufsuchen, um das Verpacken des gesamten Materials zu überwachen. Er war natürlich vom Fach und wußte Bescheid, welche Art von Gegenständen es einzupakken galt. Nachdem sie fast zwei volle Kisten von der Bank fortschafften, schufteten sie beide fast bis zur Dämmerung. Mit Ausnahme der Hefte, in die er sich geheime Aufzeichnungen gemacht hatte, und einiger persönlicher Gegenstände, wurde alles in Säcke und Schachteln verpackt, versiegelt und numeriert. Eine Zeitlang befürchtete er, die Fortschaffung all seiner Unterlagen könnte auf die bevorstehende Katastrophe hinweisen, aber eine Reihe von aufeinanderfolgenden Träumen beruhigte ihn.

Hernach mehrten sich die Aufzeichnungen, wenn sie auch ganz knapp und verschlüsselt waren. Eine Eintragung vom Dezember 1966 lautete: »Ich werde ihm immerhin schreiben und danken müssen. Das Buch zeugt von mehr Intelligenz, als ich ihm zugetraut hätte.« Er bezog sich auf den Roman, den Jones ihm geschickt hatte. Er hätte hinzufügen wollen: »Am merkwürdigsten finde ich, daß er meinen Namen erraten und meine Anschrift erfahren hat.« Aber er verzichtete darauf. Im Februar 1967 notierte er: »Untersuchung im Zusammenhang mit der Zerstörung von Dr. Rudolfs Archiv.« Im April: »R. A., den ich zufällig traf, teilte mir unter dem Siegel der Verschwiegenheit mit, die Voruntersuchungen wären abgeschlossen: *Es stünde nun fest,* daß Dr. Bernard in seinen beiden Koffern die wichtigsten Unterlagen aufbewahrt hatte (ich vermute, es waren meine Hefte aus den Jahren 1938-39, Phonogramme und Fotokopien der Berichte des Professor).«

Im Juni 1967 notierte er: »In Indien ist die Polemik über Rupini-Veronika wieder in vollem Gange. Die Echtheit der in der Klinik gemachten Tonbandaufnahmen wird von einer immer größeren Anzahl von Gelehrten angezweifelt. Als entscheidendes Argument wird die Tatsache angeführt, daß Veronika und ihr Begleiter kurz nachdem die Expedition nach Delhi zurückkehrte, spurlos verschwunden sind. ›Jetzt, nachdem fast zwölf Jahre vergangen sind, ist jede Konfrontation von Zeugen unmöglich geworden‹, schreibt ein materialistischer Philosoph.« Am 12. Oktober: »Linda hat für ihr neues Buch: *Eine Biographie* den Pulitzer-Preis bekommen. Um wessen Biographie mag es sich da handeln?«

Dann am 12. Juni 1968: »Veronika. Zum Glück hat sie mich nicht gesehen.« Nach wenigen Minuten fügte er hinzu: »Am Bahnhof in Montreux, zwei hübsche Kinder an ihrer Seite, denen sie auf einem Plakat eine Reisereklame erklärte. Sie sieht entsprechend ihrem Alter aus, vielleicht sogar etwas jünger. Wichtig ist nur, daß sie glücklich ist.«

Am 8. Januar 1968 feierte er in Nizza seinen hundertsten Geburtstag in einem prachtvollen Restaurant, in Begleitung einer jungen Schwedin, Selma Eklund, die er wegen ihrer Intelligenz und ihrer originellen Deutung des mittelalterlichen Dramas bewunderte. Selma wurde im gleichen Monat achtundzwanzig Jahre alt; er hatte ihr halb im Scherz gestanden, daß er an die Vierzig war. Aber der Abend war verpfuscht; sie war offenkundig nicht gewöhnt an Sekt, und er mußte sie vor dem Dessert ins Hotel zurückbringen. Hierauf ging er noch bis spät nach Mitternacht auf unbelebten Straßen alleine spazieren.

Doch er wollte »zu Ehren seines ersten Zentenariums« (wie er sich auszudrücken pflegte) eine spektakuläre Reise unternehmen. Vor Jahren war er einmal in Mexiko, dann in Skandinavien gewesen. Nun hätte er gern China oder Java besucht, beeilte sich jedoch nicht, einen endgültigen Entschluß zu fassen. ›Ich habe schließlich das ganze Jahr zur Verfügung‹, wiederholte er sich.

An einem Herbstabend kehrte er früher als sonst heim. Der eisige Regen hatte ihn gezwungen, auf einen langen Spaziergang durch den Park zu verzichten. Er wollte eine Freundin anrufen, überlegte es sich jedoch und trat auf seinen Plattenschrank zu. »An einem so kalten Abend wie diesem, kann nur Musik . . . nur Musik«, wiederholte er, überrascht, zwischen den Platten sein Familienalbum zu finden. Stirnrunzelnd zog er es heraus und fing zu frösteln an, als wären plötzlich die Fenster aufgegangen. Eine Weile blieb er, das Album in der Hand, unschlüssig stehen. *›Und die dritte Rose?‹* hörte er eine innere Stimme fragen. ›Wo willst du, daß ich sie hintue? Laß das Album und zeig mir, wo du willst, daß ich die Rose hintue. *Die dritte Rose* . . .‹

»Stimmt«, lachte er bitter auf. »Ich bin immerhin ein freier Mensch«, sagte er sich, während er sich ins Fauteuil setzte. Aufgeregt schlug er mit großer Sorgfalt das Album auf. Da fand er eine frisch gepflückte, lila Rose, wie er sie bisher nur einmal im Leben gesehen hatte. Beglückt nahm er sie in die Hand. Er hatte nicht geahnt, daß eine einzige Rose mit ihrem Duft ein ganzes Zimmer ausfüllen konnte. Er zögerte lange. Dann legte er die Rose neben sich auf die Armlehne des Sessels und heftete seinen Blick auf die erste Fotografie. Das Bild war blaß, vergilbt, verschwommen, dennoch erkannte er darauf mühelos sein Elternhaus in Piatra-Neamţ.

V

Es schneite bereits seit Stunden, und nachdem sie Bacău hinter sich gelassen hatten, brach ein richtiges Schneegestöber los. Als der Zug jedoch im Bahnhof einfuhr, hörte es zu schneien auf, und auf dem reingewaschenen Himmel gingen glasig die ersten Sterne auf. Trotz der Neubauten ringsum und dem frischgefallenen Schnee erkannte Matei den Marktplatz sofort. Es wunderte ihn allerdings, daß kurz vor Weihnachten so wenig Fenster erleuchtet waren. Den Koffer in der Hand, blieb er lange Zeit stehen und betrachtete erregt den Boulevard, der sich vor seinen Augen erstreckte. Die Familie, mit der er im gleichen Abteil gefahren war, schnappte ihm vor der Nase das letzte Taxi weg. Aber das Hotel, in dem man ihm ein Zimmer reserviert hatte, lag ziemlich nahe. Er stellte sich den Mantelkragen auf, überquerte ohne Eile den Platz und betrat den Boulevard. Erst als er das Hotel erreichte, spürte er, daß ihm der linke Arm abgestorben war; er hatte den Koffer nicht für so schwer gehalten. Er zeigte an der Rezeption seinen Paß und die Unterlagen vom Reisebüro vor.

»Sie sprechen ja sehr gut rumänisch«, bemerkte die Dame am Empfang, nachdem sie seinen Paß angesehen hatte.

Die distinguierte Erscheinung mit dem grauen Haar, der rahmenlosen Brille und der angenehmen Stimme machte auf ihn einen guten Eindruck.

»Ich bin Linguist«, sagte er. »Habe insbesondere romanische Sprachen studiert. Und war auch schon einmal in Rumänien. Sogar in Piatra-Neamţ«, fügte er lächelnd hinzu. »Als Student ... Gibt es übrigens noch das Café Select?«

»Gewiß. Es steht doch unter Denkmalschutz. Es war das Stammlokal von Calistrat Hogaş, Sie dürften von ihm gehört haben ...«

»Freilich!«

»Er war zwischen 1869 und 1886, solange er hier in Piatra-Neamţ unterrichtete, Stammgast in diesem Café. Man hat sogar eine Gedenktafel dort angebracht ... Sie haben das Zimmer Nr. 19 im dritten Stock. Nehmen Sie den Aufzug.«

»Ich möchte zunächst einen Blick ins ›Select‹ werfen. Es ist ja nicht weit. In einer Stunde, höchstens in eineinhalb Stunden bin ich wieder zurück ...«

Er hatte das Gefühl, die Dame betrachte ihn über ihren Augengläsern erstaunt.

»Daß Sie sich ja nur nicht erkälten! Die Straßen sind verweht, und es ist wieder Schnee angesagt.«

»Ich bleibe nur eine Stunde, höchstens cineinhalb Stunden«, wiederholte er lächelnd.

Nach etwa zehn Minuten überzeugte er sich, daß die Dame beim Empfang recht gehabt hatte; manche Straßen waren tatsächlich verweht, und er kam schwer vorwärts. In der Nähe des Cafés war der Bürgersteig jedoch von Schnee gereinigt worden, und er beschleunigte seinen Schritt. Vor der Eingangstür blieb er stehen, um zu verschnaufen und wartete, bis sein Herzklopfen sich legte. Als er eintrat, kamen ihm der Dunst des Biers, das Aroma des frischgebrannten Kaffees und der Rauch der billigen Zigaretten vertraut vor. Er ging geradeaus in den hinteren Saal, wo sie seinerzeit zusammenzukommen pflegten. Der Raum war fast leer; bloß an einem Tisch tranken drei Männer Bier aus ihren Seideln. Deswegen ist das Licht so schwach. Es brennt bloß die eine Deckenlampe. Die scheinen Strom zu sparen. Auf den Ober wartend, setzte er sich aufs Kanapee, das an der Wand lehnte, und starrte ins Leere. Noch war er unschlüssig, ob er ein Seidel Bier oder eine Flasche Mineralwasser und einen Kaffee bestellen sollte. Die drei erhoben sich bald geräuschvoll von ihren Stühlen und schickten sich zum Gehen an.

»Auch diesmal sind wir zu keinem Schluß gekommen!« rief einer von ihnen aus und wickelte sich einen grauen Wollschal um den Hals.

»Macht nichts!« sagte der zweite.

»Macht nichts!« wiederholte der letzte lachend und sah die beiden anderen bedeutungsvoll an. »Sie wissen ja, worauf ich anspiele«, fügte er hinzu.

Allein geblieben, fragte Matei sich, ob es noch einen Sinn hätte, auf den Ober zu warten. Da schien ihm plötzlich, jemand trete schüchtern und zögernd auf ihn zu und betrachte ihn neugierig.

Erst als der Mann vor ihm stehen blieb, erkannte Matei ihn. Es war Vaian.

»Sind Sie es, Herr Matei?« rief er aus, trat näher, ergriff seine Hand und schüttelte sie ihm mehrmals mit beiden Händen. »Sie sind also, Gott sei Dank, zurückgekehrt! Und wieder wohlauf!«

Dann wandte er sich um und rief: »Doktor! Kommen Sie schnell, Doktor, Herr Matei ist wieder zurück!«

Er hielt Mateis Hand fest und schüttelte sie immer wieder.
Binnen weniger Augenblicke stürzte die ganze Gruppe in den Saal herein, voran Dr. Neculache und Nicodim, der eine kleine Flasche Cotnar-Wein in der Linken und das halbgefüllte Glas in der Rechten hielt. Alle starrten ihn entgeistert an, drängten sich vor, um ihn besser zu sehen, und riefen zum wiederholten Male seinen Namen aus. In ihren Blicken mischte sich Freude mit Entsetzen. Matei war so von seinem Gefühl überwältigt, daß er Angst hatte, die Tränen würden ihm bald über die Wangen rollen, dennoch gelang es ihm zu lachen.
»Ich träume also«, sagte er, »die Geschichte fängt von neuem an. Ich träume, und wenn ich aus meinen Träumen erwachen werde, wird es mir scheinen, daß ich erst dann richtig zu träumen anfange ... Wie in jener Geschichte mit dem Schmetterling von Tschuangtse ...«
»Tschuangtse?« wiederholte Vaian im Flüsterton. »Die Geschichte von Tschuangtse mit dem Schmetterling?«
»Ich habe Sie Ihnen schon so oft erzählt«, unterbrach ihn Matei, plötzlich sehr gut gelaunt.
Da hörte er hinten eine Stimme: »Schicken Sie jemand zu Veta. Man muß sie benachrichtigen.«
»Lassen Sie die Veta in Ruhe. Ich glaube Ihnen auch, ohne daß sie Veta herbeiholen. Es ist mir völlig klar, daß ich träume, und in zwei Minuten werde ich erwachen ...«
»Strengen Sie sich nicht an, Herr Matei«, griff der

Doktor ins Gespräch ein, trat auf ihn zu und legte ihm die Hand auf die Schulter. »Sie haben viel durchgemacht. Sie dürfen sich nicht überanstrengen.«
Matei platzte wieder in eine Lachsalve heraus.
Dann setzte er mit gedämpfter Simme zum Sprechen an und schien sich Mühe zu geben, die anderen nicht gegen sich aufzubringen. »Ich weiß, daß all dies, unsere Begegnung hier und alles, was nun folgen wird, im Dezember 1938 wirklich hätte stattfinden können . . .«
»Aber es ist ja alles Wirklichkeit, Herr Matei«, unterbrach ihn Vaian. »Denn es ist der 20. Dezember 1938 . . .«
Er sah ihn ironisch, aber auch etwas mitleidig an.
»Ich wage gar nicht, es Ihnen zu sagen, in welchem Jahr wir andere, die wir außerhalb dieses Traumes leben, sind. Wenn ich mir Mühe geben sollte, könnte ich ja erwachen.«
»Aber Sie sind doch wach, Herr Matei«, sagte der Doktor, »Sie sind bloß müde. Sie sehen jedenfalls sehr erschöpft aus«, fügte er hinzu.
»Nun gut!« stieß er plötzlich atemlos hervor. »Dann sollen Sie erfahren, daß zwischen dem 20. Dezember 1938 und dem heutigen Abend mancherlei geschehen ist. Es gab zum Beispiel den Zweiten Weltkrieg. Haben Sie von Hiroshima gehört? Von Buchenwald?«
»Der Zweite Weltkrieg?« fragte jemand hinten. »Der wird früh genug kommen . . .«
»Es ist so manches passiert, seit Sie verschwunden sind und kein Lebenszeichen mehr von sich gegeben haben«, fing Nicodim zu sprechen an. »Man hat Haus-

durchsuchungen gemacht. Man hat aus Ihrer Bibliothek Bücher genommen . . .«

»Ich weiß, ich weiß!« fiel Matei ihm mit erhobenem Arm ins Wort. »Ich habe ihnen gesagt, welche Bücher sie heraussuchen und mir bringen sollen. Aber das ist lange, lange her . . .«

Die Tatsache, daß er nicht erwachen konnte, wiewohl er wußte, daß er träumte und erwachen wollte, irritierte ihn.

»Wir haben Sie überall gesucht«, hörte er eine vertraute Stimme. »Der Doktor hat Sie auch in Krankenhäusern gesucht . . .«

»Wir hatten gehört, Sie wären bis nach Bukarest gelangt«, sagte Neculache, »und man hätte Sie dort mit jemand anderem verwechselt.«

»Das stimmt auch«, unterbrach ihn Matei. »Das stimmt auch. Ich wurde verwechselt, weil ich jünger geworden war . . .«

Er zögerte und fuhr dann in triumphierendem und dennoch geheimnisvollem Ton fort:

»Nun kann ich Ihnen ja die Wahrheit sagen: Nachdem ich vom Blitz getroffen wurde – er traf mich mitten auf dem Kopf – wurde ich verjüngt. Ich sah wie ein Fünfundzwanzig- bis Dreißigjähriger aus und habe mich seither nicht mehr verändert. Seit dreißig Jahren sehe ich gleich aus . . .«

Er bemerkte, wie die anderen Blicke miteinander wechselten, zuckte verzweifelt die Achseln und versuchte zu lachen.

»Ich weiß, daß Ihnen das unglaubwürdig erscheint. Aber wenn ich Ihnen erzählen würde, was ich alles, eben dieses Blitzes wegen erlebt habe, wieviele orientalische Sprachen ich gelernt habe, ja ich brauchte sie gar nicht zu lernen, weil das Wissen mir nur einfach so zuflog. Dabei vertraue ich Ihnen das alles nur an, weil ich träume, und niemand es erfahren wird.«

»Sie träumen nicht, Herr Matei«, sagte Nicodim sanft. »Sie sind hier inmitten Ihrer Freunde, Sie sind im Kaffeehaus. Wir hofften immer, es würde eines Tages so sein. ›Wenn Herr Matei wieder zu sich kommt, wenn er die Amnesie überwindet und zurückkehrt, sucht er zweifelsohne als erstes das Select auf!‹, sagten wir uns.«

Matei brach wieder in Gelächter aus und starrte alle ganz fest an, als fürchtete er, jeden Augenblick zu erwachen und deren Spur zu verlieren.

»Würde ich nicht träumen, so wüßten Sie von Hiroshima und den Wasserstoffbomben und von Armstrong, dem Astronauten, der diesen Sommer im Juli auf dem Mond gelandet ist.«

Sie schwiegen alle, wagten nicht, einander anzusehen.

»Das also war es«, brach der Doktor schließlich das Schweigen. »Man hat Sie mit jemand anderem verwechselt . . .«

Matei hätte ihm antworten wollen, wurde jedoch allmählich von Müdigkeit übermannt und fuhr sich mehrmals mit der Hand über das Gesicht.

»Es ist wie in jener Geschichte des chinesischen Philosophen, Sie kennen sie doch; ich habe Sie Ihnen mehrmals erzählt . . .«

»Von welchem chinesischen Philosophen, Herr Matei?« fragte Vaian.

»Ich habe Ihnen den Namen ja soeben genannt«, erwiderte Matei nervös. »Jetzt ist er mir entfallen. Es war die Geschichte mit dem Schmetterling ... Nun ja, sie ist zu lang, als daß ich sie Ihnen jetzt nochmals erzähle ...«

Er fühlte sich so matt, daß er einen Ohnmachtsanfall befürchtete. ›Vielleicht wäre es auch besser‹, sagte er sich.

»Wir haben einen Schlitten bestellt, um Sie heimzubringen, Herr Matei«, sagte jemand. »Veta hat das Feuer im Ofen angezündet ...«

»Ich brauche keinen Schlitten«, gelang es ihm hervorzubringen, während er aufstand. »Ich gehe zu Fuß. Wenn es drauf ankommen sollte, werde ich schon wissen, was zu antworten!«

»Worauf zu antworten, Herr Matei?« fragte Nicodim.

Er hätte ihm sagen wollen: ›Auf die Frage, die uns alle beschäftigt‹, spürte jedoch plötzlich, wie ihm alle Zähne klapperten und biß sie fest zusammen, gedemütigt und wütend. Dann tat er einige Schritte auf den Ausgang zu. Zu seinem Erstaunen entfernten sich die anderen vom Tisch und ließen ihn fortgehen. Er wollte noch einmal umkehren und sich von ihnen verabschieden, hob den Arm zum Gruß, doch jede Bewegung strengte ihn an. Zögernd und schwer durch die Nase atmend, weil er den Mund krampfhaft geschlossen hielt, trat er auf die Straße hinaus. Die kalte Luft belebte ihn. ›Ich erwache allmählich‹, sagte er sich. Als er sich unbeobachtet wähnte, hielt er die Hand vor den Mund und spie seine Zähne aus, zwei, drei auf einmal. Er erinnerte sich vage, wie an einen halbvergessenen Traum, daß ihm das gleiche schon mal passiert war: Eine Weile konnte er nicht sprechen, weil alle Zähne in seinem Munde wackelten. ›Immer das gleiche Problem!‹ sagte er sich heiter, versöhnt.

In jener Nacht wartete der Pförtner des Hotels vergeblich auf die Rückkehr des Gastes von Nr. 19. Als es dann zu schneien anfing, rief er im Café Select an. Man sagte ihm, gegen Abend wäre ein fremder Herr gekommen und direkt in den hinteren Saal gegangen. Doch war er kurze Zeit darauf, vielleicht weil der Saal leer und schwach beleuchtet gewesen war, grußlos wieder fortgegangen, die rechte Hand vor den Mund haltend. In der Frühe wurde auf der Episcopiei-Straße, vor dem Haus Nr. 18 ein sehr alter, unbekannter Mann, der einen eleganten Anzug und einen teuren, pelzgefütterten Mantel trug, erfroren aufgefunden. Mantel und Anzug waren ihm so weit, daß sie zweifellos nicht ihm gehörten. In der Rocktasche befanden sich übrigens eine Geldbörse mit fremder Valuta und ein auf den Namen Martin Andricourt ausgestellter Schweizer Paß. Als Ort und Datum der Geburt waren Honduras, der 18. November 1939 angegeben.

Paris, November/Dezember 1976